この幼なじみ要注意。

みゅーな**

◎STARTS
スターツ出版株式会社

カバーイラスト／Off

わたしの隣の家に住む幼なじみは、マイペースな自由人。

「美依、眠い」
「美依、お腹すいた」
「美依、シャツない」

　彼がわたしを呼ぶ時は、眠い時か、お腹がすいた時か、困った時。
　口悪いし、態度悪いし、言いたいこと言い放題。

　なのに。

「……少しは男って意識した？」
「……可愛すぎて理性死にそう」

　ふとした時に見せる、幼なじみとは違う表情に、ドキッとするのはどうしてだろう？

「美依の唇食べてもいい？」

「は、ちょっ、なに言って……っ」

　この幼なじみ要注意。

この幼なじみ要注意。
登場人物紹介！

小波 知紘 (こなみ ちひろ)

美依とは幼なじみで、学校もずっと一緒。イケメンだけど超マイペース。

青井 柊 (あおい しゅう)

美依のクラスにいる、王子様スマイルが人気の好青年。

小波 美依(さざなみ みい)

ちょっと天然な高校2年生。幼なじみで隣に住む知紘のお世話が日課。

笠原 華(かさはら はな)

美依の親友。中学からの付き合いで、美依のことをよくわかっている。

Chapter.Ⅰ

小波さんと小波くん。 10

常にやる気はありません。 16

小波くんの休日。 24

どうやら、告白された
みたいです。 37

Chapter.Ⅱ

爽（さわ）やか王子の青井くん。 52

これっていったいなんですか。 62

知紘と青井くん。 76

幼なじみが本気を出す時。 89

なんだか変に意識してます。 97

Chapter.Ⅲ

２人の王子様。 116

取り戻せない距離と
本気の好き。 140

あぁ、なんだ……好きなんだ。 161

もう、気持ちは抑えられない。　176

幼なじみ→彼女。　186

Chapter.IV
甘い彼には敵いません。　200

伝えなきゃいけないこと。　212

デート×プチハプニング。　224

独占欲はかなり強めです。　235

甘い時間はこれからもずっと。　251

あとがき　258

Chapter. I

小波さんと小波くん。

　とあるマンションの2階には、"小波"という家が2部屋存在する。
　201号室の表札は小波さん。
　そのお隣の202号室も小波さん。
　親戚同士が、お隣に住んでいるわけではございません。
　幼なじみ同士ではあるけど、全く赤の他人です。
　なぁんだ、小波さんがたまたま隣同士で住んでるだけじゃんって思ったそこのあなた。
　いいえ、違うんですよ。
　たしかにね、漢字で書くと同じに見える……というか、同じなんだけど。
　わたし、201号室に住む小波美依と、202号室に住む幼なじみ小波知紘。
　同じ漢字で"小波"と書くけど、じつは読み方が"さざなみ"と"こなみ"。
　なんともややこしい。
　幼なじみ同士、同じ苗字で家も隣同士。
　よく、お隣の荷物が間違えて届けられるのも、うちの荷物が間違えて隣に届けられるのも、もう慣れっこだ。
　小学校、中学校はずっと一緒。
　同じクラスになれば出席番号はほぼ前後で、担任の先生が名前だけ見て双子だと勘違いすることもしばしば。

それでもって、一番の"あるある"がクラスで出席をとる時。

　わたしの幼なじみが"こなみ"って読むから、わたしも"こなみ"とよく間違えられる。

　そこで先生に「"こなみ"じゃなくて、"さざなみ"です」って言うのも慣れた。

　そしてその後、先生は必ずと言っていいほど、名簿を二度見する。

　そりゃ、そうだよね。同じ漢字で、1つ前のヤツが"こなみ"って読むのに、後ろのヤツは"さざなみ"。

　うん、ややこしい。

　自分でもそう思うもん。

　中学校からずっと同じクラスで、今は高校2年生。

　ちなみに、隣に住む幼なじみは現在1人暮らし。

　ちょうど、中学校に入学したと同時に、ご両親が海外赴任で家を空けることが決まった。

　中学校を卒業するまでは、身の回りのお世話はわたしのお母さんがやっていて、わたしはたまに手伝いをするくらいだった。

　それなのに、高校に入学した頃から幼なじみのお世話がお母さんからわたしに変わっていた。

　ご両親はしばらく家には戻らないみたいだ。

　お隣同士ってこともあって、親同士はかなり仲がよくて、もはや家族みたいな存在。

　わたしも小さい頃、面倒を見てもらい、可愛がってもらっ

ていた。
　だから、海外赴任が決まった時、息子を連れていくか迷った結果、わたしたち家族に任せると言って、彼だけ置いていったらしい。
　うん、別に信頼してもらえてるのはいいんだけどさ。
　わたしの幼なじみは、とんでもなくマイペースで自由人。
　わたしがおしりを叩かないと何もしないヤツ。
　──ガチャッ！
　預かっている合鍵で隣の部屋に勢いよく突入するのも、もう日課。
　ちなみに、わたしの幼なじみもわたしの家の合鍵を持っている。
　何か困ったことがあったらいつでも来られるように、わたしの親が渡しておいたようだ。
「知紘、起きて！」
　部屋に入るなり、大声で幼なじみの名前を呼びながら、部屋のカーテンを一気に全開する。
「…………」
　わたしの声に反応して、もぞもぞと布団の中に隠れていくのが見える。
「逃げちゃダメ！」
　知紘が眠るベッドに近づいて、布団をおもいっきり取り上げる。
「ん……うるさい」
　そう言いながら、愛用の抱き枕を抱きしめて、まだ眠る

気満々。
「もう朝ですよ、知紘くん？」
「……美依ってバカなの？」
　ははっ、朝からバカ扱いしてくるとは、いい度胸してる。
「なに言ってるのかな、知紘くん」
　若干キレ気味の口調で、満面の笑みを向けると。
「……僕が眠いんだから朝なわけないでしょ」
　言ってることがむちゃくちゃすぎる‼
「僕が眠くない時が朝なの」
　さすが自由人。わけわかんない発言ばかりするけど、最近は戸惑うこともなくなった。
　長い間幼なじみをやっているからだろうか。慣れってやつは恐ろしい。
「早く起きないと遅刻しちゃうよ！」
「……まぶたがボンドでくっついて目が開けられない。だから寝る」
「あのね、今はそんなバカなこと言ってる場合じゃないんだよ、わかってる？」
　こうやって、グダグダしている間にも出かける時間は刻一刻と迫っている。
「早く着替え済ませて！　キッチンで朝ごはん用意してくるから！」
　待っていてもなかなか先に進まないから、その間に簡単な朝ごはんを用意する。
　毎日こうして起こしてあげるのも、朝ごはんを用意して

あげるのもわたしの役目。
　とんでもない被害を受けている。
「はぁ……朝から疲れる」
　毎朝、こんな感じでバタバタと忙しい。
　知紘がすんなり起きてくれさえすれば、こんなに苦労しないのに。

「遅い……」
　作った朝ごはんをテーブルに並べ終わっても、知紘がリビングに来る気配はない。
　あれだけ起きてと言ったのに、まだ寝ているとは。
　仕方ないと思いリビングの扉を開けて、再び知紘が眠る部屋に行こうとしたら。
「うわっ！」
　扉を開けた途端、目の前に知紘がいて、そのまま知紘の胸にぶつかってしまった。
　お、起きてきたのか……って!!
「ちょ、ちょっと！　なんでシャツ着てないの!?」
　目の前の知紘はなぜか上半身裸。
　下はちゃんと制服のズボンをはいてるのに、なぜ上を着てない!?
「美依、シャツない」
「は、い？」
「シャツ出して」
　『シャツ出して』って……。

自分の服の場所くらい把握しといてよ。
　　わたしがいなかったらどうするつもりだったの？
「いつも言ってるでしょ？　タンスの上から２番目にしまってあるって」
「美依って親戚のおばさんみたい」
　　悪びれた様子もなく、ふわっとあくびをして、イスに座り、朝ごはんを食べ始めた。
　　自由すぎませんか、この人。
「服くらいちゃんと着てから食べてよ！」
　　目のやり場に困るんだけど！
「ん、だから場所知らないし」
　　朝ごはんを口に運びながら、こちらには目もくれず、わたしが持ってくるのを当たり前のように待っている。
　　そんな姿を見て、ため息が漏れそうになった。
　　これ以上言い返しても無駄だと思い、結局わたしが出してあげた。
　　こうやってなんでもやってあげちゃうから、ますます自由人になっていっちゃうのかなぁ。
　　自由人を育ててるのはわたしか！
　　そんなことを考えながら、遅刻ギリギリの時間にお寝坊さんな彼の手を引いて、急いで学校に向かった。

常にやる気はありません。

　学校に着くと始業時間ギリギリ。
　なんとかチャイムが鳴る前に、教室の扉を開けることができた。
　ガタンと席に着く。
「今日も旦那と仲よく登校お疲れー」
「あのね、そんなこと言うの華だけだからね!?」
　わたしの隣の席に座る、笠原華がいつものように茶化してきた。
　華とは中学校から一緒で、わたしと知紘のことをよく知る１人。
　昔から華は、わたしと知紘のことを夫婦だと言ってからかうのが大好き。
「だって、苗字一緒じゃん？」
「読み方違うし！」
　知ってるくせに!!
「いやー、朝からお熱いねー」
　手でパタパタとわたしのほうをあおぐ。
　うん、完全にバカにされている。
「熱いなら下敷きでもどうぞ！」
「ほらー、そんなプリプリ怒らないの」
「ふんっ、もう華なんて知らない！」
「ははっ、やっぱり美依はいじり甲斐があるね」

こうやって華に茶化されるのも、もう慣れっこ。

　チャイムが鳴ってようやくホームルームが始まった。

　わたしの前の席の知紘は、ホームルーム開始からすでに机に突っ伏して爆睡中。

　そんな知紘をいつものように、担任の山田先生が起こしにやってくる。

　山田先生は、40歳過ぎくらいのおじさんで、熱血体育会系の先生。知紘が苦手なタイプだ。

「おーい、小波。俺が出席をとる時間はそんなに眠いかー？」

　ほら、山田先生笑いながら怒ってるよ？

　知紘の頭をコツンコツンと山田先生がつついても、ビクともしない。

　そんな様子をいつも後ろから観察。

　ほんとよく寝るなぁと。

　ホームルームが終わって、その後の授業も爆睡。今も休み時間で周りが騒がしい中、気にせず眠っている。

「小波くんってよくあれだけ寝られるよねー」

　華が知紘を見ながらそう言った。

「うん、ほんとにね」

　こんな騒がしいのに、よく寝られるもんだ。

　しかもこの自由人、授業中ほとんど寝てるくせに、なぜか超がつくほど頭がいい。

　いつもカバンの中は空っぽ。教科書を持って帰っているところなんか見たことない。

　これがほんとの天才ってやつか。

「小波くんって彼女とかいたりするの?」
「たぶんいたことないかなぁ」
「えぇ、もったいなーい。こんなイケメンそうそういないのに」
　いつもやる気がなくて、どうしようもないヤツのくせに、ルックスがよくて無駄にモテる。
　透き通った、綺麗な瞳。
　無造作に、ふんわり跳ねた、少し明るめの茶色の髪。
　シュッとした、顔立ち。
　顔のパーツどれをとっても、悪いところが見当たらない。
　昔はわたしより小さかった背も、あっという間に追い越されてしまった。今は180センチに届きそうなくらいで、わたしと20センチ以上の差ができている。
「こんなイケメンがそばにいるのに、なんとも感じない美依が不思議で仕方ないわ」
　はぁ、とため息をつきながら、なんだか呆れた様子。
　たしかに、イケメンなのは認める。現に、よく女子たちから呼び出されては、告白されてるんだから。
　彼女たちいわく、あのやる気のない感じがいいらしい。
　だけどねみなさん、実際にお世話してみたら、結構大変なんだよ。
「あ、もう授業始まるね」
　華と話していたら、もう休み時間が終わってしまいそう。
「げっ、次の授業数学じゃん」
　華が嫌そうな顔をして言った。

そしてチャイムが鳴って、数学の授業が始まった。
　黒板にスラスラとチョークで書かれていく、わけのわからない公式たちを、ただひたすらノートに丸写し。
　うん、全くわからん。
　最近の数学はどんどん難しくなってきて理解ができない。そもそも数学の公式にアルファベット出てくるって、どーゆーこと？
「じゃあ、この問題を誰かに解いてもらうわねー」
　うわ……絶対当たりたくない……。
　こんなの解ける人いる？
「じゃあ……そこでお休み中の小波くんにやってもらおうかしら？」
　にっこり笑いながら……。いや、怒りを抑えながら笑っているって言ったほうがいいのかな。
　そりゃそうだよね。授業中だっていうのに、こんな堂々と机に突っ伏して寝てたら誰でも怒りたくなるよね。
　まあ、知紘のおかげで自分が当たらずに済んだから、ラッキーだけど。
「小波くん、起きて問題解いてくれるかしら？」
　先生の呼びかけに反応して、むくっと顔を上げた。
　後ろからだと見えないけど、絶対眠そうな顔してるんだろうな。
　机の上を見ると、教科書もノートものっていない。
　え、これじゃさすがの知紘も、突然当てられた問題なんて解けるわけないよね？

眠そうにあくびをしながら、だるそうに黒板のほうに向かっていく。
　そして数秒間、黒板の問題を見つめると、チョークを手に取った。
　カツカツと音をたてながら、難しい問題をスラスラ解いていく姿に、クラスのみんなが固まる。
　答えを導き出すと、黙(だま)ってチョークを置き席に戻った。
「す、すごいわ小波くん」
　見事に正解。
　先生も驚(おどろ)いて目がまん丸になっている。
　さっきまで爆睡して、授業聞いてなかったくせに。
　やっぱり、知紘はただ者じゃない。
　そのただ者ではない知紘は、次の体育の授業でも、とんでもない力を発揮する。
　今日は、男女ともに体育館でバスケットボールの授業。
　男子たちの試合が始まったので何気なく見てみると、コートの端(はし)っこでぼーっと突っ立っている、やる気のなさそうな知紘を発見。
　みんなが必死に走ってボールを追いかけている中、１人だけポツンと立ち尽(つ)くしているから、コートの中でめちゃめちゃ浮(う)いている。
　だけど、そんなのお構いなし。
　すると、そんな知紘の元にボールが回ってきた。
　さあ、やる気のない知紘くんはどうするのだろうか？
「おい、小波パスパス！！」

同じチームのバスケ部の子がパスを促す。
　だけど、知紘はパスをする気なし。
　そして、ボールを１回だけドリブルして、そのままゴールめがけてシュートを放った。
「え、嘘でしょ」
　目の前のありえない光景にそんな言葉が漏れた。
　きっと、ここにいるほとんどの人が思ったことだろう。
　ゴールまでは結構距離があって、バスケ部の子でもそこからシュートを打つのは難しいはずなのに。
　放たれたボールは綺麗な弧を描いて……。
　――スパッ！
　と、ゴールに吸い込まれた。
　シュートが決まった瞬間、体育館内がざわめく。
　男子たちは、びっくり。女子たちは、知紘くんかっこいい！的なことを口にしている。
「小波くんって、ほんとなんでもできちゃうんだねー」
「普段から本気出せばいいのに」
　一緒に見ていた華と、そんな会話をしていた。
　知紘は運動もできるほうなのに、普段はあまり本気を出そうとしない。
　目立つのがあんまり好きじゃないからなのかな。
　せっかくできるのにもったいないなぁっていつも思う。
　きっと知紘が本気を出せば、バスケ部の子ですら相手にならないだろう。
　それくらいすごいのに。

まさに才能を持て余している。

「ねぇ、知紘」
「ん、何？」
　すべての授業が終わった帰り道にて。
「知紘ってなんでいつもやる気なさそうなの？」
「今さらどーしたの？」
　たしかにこんなこと聞くの、今さらかもしれないけど。
「だって、知紘って本気出したらすごいじゃん」
「……どーだろ？」
「普通なら目立ちたいと思うものだよ？」
「へー、そう」
　返事に抑揚(よくよう)がない。
　つまり、この話には興味がないってことだ。
「美依、お腹すいた」
「え？」
「今日晩ごはん、からあげ食べたい」
「はへ？」
　まさか突然からあげが食べたいと言い出すとは。
　さっきの話の流れから考えると普通におかしいよね？
　だけど、それを無視して貫(つらぬ)くのが自由人だ。
「わかったよ。じゃあ今夜はからあげね」
「うん、やった」
　からあげ1つでそんな嬉(うれ)しそうな顔をするなんて。
　こういうところは、意外と単純だったりする。

まあ、知紘の頭の中は寝ることと食べることで9割くらいを占めてるから無理もないか。
「美依の作るからあげが好き」
　どうやら自由人は、わたしの作るからあげが相当お気に入りみたい。
「ふふっ」
　思わず笑ってしまった。
「なんで笑ってんの？」
「なんでもなーい」
「変なの」
　不思議そうな顔をしながら、スタスタと歩いていってしまった。
「あわわっ、待って待って」
「早く帰ろ」
　今日も知紘はマイペースを貫いています。

小波くんの休日。

　ある休みの日。
　ただ今の時刻は朝の10時。
　ポカポカ暖かくて、雲ひとつない晴れの日。
　こんな日は布団を干すに限る。
「ちひろー！」
　こんなにいい天気なのに、まだ熟睡中の知紘を起こしにやってきた。
「……うるさい」
「今日はいい天気だから布団干すよ！」
　グイーッと布団を身体から剥ぎ取ってやった。
「美依のせいで鼓膜破れた。どーしてくれるの？」
「はいはい、そんなこと言ってる暇あったらさっさと顔洗ってきて！」
「……鬼」
「何か言ったかな知紘くん？」
　ギロリと睨む。
「顔怖すぎ」
「なっ！」
　そのまま床に、抱き枕と一緒に倒れ込んで、また寝始めていた。
「床で寝ちゃダメでしょ！」
　こうなったら、抱き枕も洗濯してやる！

「それ、洗濯するから貸して！」
「やだ」
　いっこうに抱き枕から離れようとしない。
　くそっ、しぶといな。
「知紘……って、うわっ!!」
　抱き枕の取り合いをしていたら、急に腕をつかまれて、知紘の胸にダイブ。
　見た目はひょろっとしてるくせに、わたしをつかむ腕から力の強さが伝わってくる。
　こういう時に、ふと男らしさを感じてしまう。
「じゃあ、美依が抱き枕になって」
「は、はぁ!?　なに言ってるの、放して！」
　ギュッと抱きしめて放してくれない。
「美依って、いい匂いするよね」
　そう言いながら、わたしの首筋に顔を埋める。
　息がかかってくすぐったい。
「この甘い匂いって危険……」
「危険って何が？」
　すると、クスッと笑いながら、スッとわたしの耳元で。
「……襲いたくなるってこと」
　甘い声で囁いた。
「あ、朝っぱらからなに言ってるの！」
「朝じゃなかったらいいの？」
「だ、ダメに決まってるでしょ！」
　早くこの腕から離れたいのに、抵抗しても敵わない。

ただ、わたしが知紘の上でジタバタ動いているだけ。
「じゃあ、あと少しだけ」
　わたしを抱きしめる時、よくこうやって言う。
　知紘に抱きしめられると、不思議と心地よくてホッとするんだ。ドキドキするよりも、安心する気持ちのほうが上回ってしまう。
　幼なじみだからこんな感覚になるのかな？
　普通だったら、ドキドキして耐えられるわけないのに。
　それに、ただ抱きしめるだけで何もしてこない。
　だからわたしもこれ以上抵抗しない。
　で、少ししたらちゃんと放してくれる。
「シャワー浴びてくる」
　グィーッと身体を伸ばしながら、わたしから離れてシャワーを浴びに行った。
　その間に、布団を干して、洗濯をして、朝ごはんを用意して……。
　わたしは知紘のお母さんか？って、いつも思う。
　なんだか息子がいるような気分だ。

　しばらくして、朝ごはんをテーブルに並べていると、ガチャッとリビングの扉が開いた。
「あ、早いね……って服は!?」
　知紘のほうに視線を向けると、濡れた髪をタオルで拭きながら、上半身裸の状態で登場。
　な、なぜコイツはいつも服を着てこない!?

「だって、風呂上がりって暑いし」
　いや、そりゃ季節的に今は春だから寒くはないかもしれないけどさ！
　そんな姿でいたら風邪ひくかもしれないじゃん。
「そ、そんな姿で歩き回らないで！」
　上半身裸でうろうろされたら、目のやり場に困るっての！
「別にここ僕の家だし？」
　うっ、たしかにそれはそうだけども。
「ふっ、なに恥ずかしがってるの？」
　意地悪そうな笑みを浮かべて、徐々にわたしとの距離を詰めてくる。
「ちょっ、やだっ……！」
　ポタポタと雫が、知紘の髪からわたしの肩に落ちてきて冷たい。
　髪が濡れているせいか、いつもより色っぽく見える知紘。
「美依の上目遣いって反則だよね」
　頬に知紘の手が触れる。
「……そんな顔されたら我慢できなくなる」
　近づかれると、甘い香りに包み込まれる。
「そんな可愛い顔、他の男に見せちゃダメ」
「ほぇ……？」
　ボーッと知紘を見つめると、整った顔が近づいてきて、思わずギュッと目を閉じた……。
　すると、頬に知紘の唇が軽く触れた。
「これだけで我慢できたんだからほめて」

「っ、き、キス……した」
「うん、したよ」
「な、なんで」
「……そんな顔するのが悪い」

　軽くわたしの頭をポンポンと撫でて、何事もなかったかのように席についた。朝ごはんを食べ始める前に、さすがに少し寒くなったのか服を着てくれた。

　あまりにも簡単にされてしまって、反応に困る。

　ほんの一瞬のことだった。頭の中が混乱してきた。

　それなのに、肝心のキスをしてきた本人はあまりに平然とした態度をとっているから、こんなに慌てているわたしがおかしいんだろうか。

　もしかして、知紘ってちょっと外国の血が入ってたり？ほら、外国の人って挨拶でチュッチュしてるじゃん？

　テーブルで向かい合わせになって朝ごはんを食べる知紘に問いかけてみる。

「知紘って、誰にでもキスするの？」
「……は？」

　わたしの問いかけに、開いた口がふさがらない様子。

　いつも感情をあまり表に出さないのに、珍しく驚いた顔をしている。

　そんなにびっくりするようなこと聞いたかなぁ？

「……その天然どーにかならない？」

　頭を抱えて、呆れている。

「て、んねん？　あ、髪の毛のこと？　わたしストレート

だよ？」
「は……？」
「え？」
　あっ、でも毛先が少しクルッとしてるから天然なのかなぁ？
　でもどうして急にそんなこと言われたんだろう。
「それボケてんの？」
「ボ、ボケ？」
　いや、今の会話でボケるところなかったと思うんだけど。
「ほんと勘弁してよ……」
　持っていたお箸を置いて、イスからガタンッと立ち上がり、わたしの席までやってくる。
「美依にしかこんなことしない」
　そう言って、後ろからわたしを抱きしめた。
「ち、ひろ？」
「……誰にでもキスなんかしない」
　ギュッと抱きしめる力が強くなった。
「美依だけ……」
　いつもより、知紘の声が少しだけ寂しそうに感じたのは気のせい？
「ど、どうして？」
「これ以上は言わない」
　『美依だけ』の理由が気になったけど、きっとこれ以上聞いても教えてくれないだろうなって思って諦めた。

それからお昼まで２人、何をするわけでもなく、のんびりと過ごした。
「お昼なに食べたい？」
「なんでも」
「なんでもが一番困るんだよ？」
　知紘はソファにダラーッと寝転びながら、マンガを読んでいる。
「美依が作るものならなんでも好きってこと」
「そ、それは嬉しいデスネ」
「なんで敬語？　しかもなんか片言だし」
　知紘がマンガに夢中でよかった。
　今の言葉が素直に嬉しくて、動揺しちゃったよ。
　意外と優しいとこあるじゃん。
　まあ、とりあえず嬉しいから頑張って作らなきゃ。
「じゃあ適当になんか作る！」
「適当でも美味しく作らないと残す」
　嘘、前言撤回。

「……ん、あれ？」
　気がつくと外は暗くなっていて、なぜか眠ってしまっていた。
　……たしか、お昼を食べた後。日差しがポカポカ気持ちよくて、先に乾いたシーツを取り込んでセットしていたら、そのまま知紘のベッドで寝ちゃったんだっけ？
　クルッと身体を反対側に向けると、そこには知紘の寝顔。

なんだ、一緒に寝ちゃったのかぁ。
　寝顔も綺麗な知紘がうらやましい。
　色が白くて、肌も綺麗で。この顔に夢中になる女子の気持ちがわからなくもない。
　スースーと規則正しく聞こえる寝息。
　こんな無防備な姿を見られるのはわたしだけ。
　そう思うと、なぜか無性に抱きしめてほしくなった。
　わたしはただ無言で知紘に抱きつく。
「……ん。どーしたの、美依？」
　わたしが抱きついたことで起こしてしまったみたい。
　寝起きのせいか、声がまだ眠そう。
「ど、どうもしない……っ」
　あれ、なんでかな……。こんなに近くにいるのに、もっと近づきたいなんて思ってしまうのは。
「寂しくなった？」
「違う……」
「珍しいね、美依がギュッとしてくるの」
　やっぱり、この温もりが心地いい。
「ほら、もっとこっちおいで」
　言われるがまま、素直に身体を預けた。
「……ちひろ？」
「ん？」
「なんでも、ない……」
「そ」
　ただ、今は離れたくなかった。

「あ、そーいえば美依」
「なぁに？」
「雨降ってきてる」
「え」
　パッと外を見ると、昼過ぎまで晴れていたはずなのに今はどんより曇っていて、雨が降り出していた。
「布団干しっぱなしじゃない？」
「あっ、そうだった！」
　こうしちゃいられない。シーツは先に取り込んでおいたけど、かけ布団は干したままだ！
　急いで起きて布団を取り込んだ。
　まだ降り始めだったから、そんなに濡れてなくてよかったぁ。
「教えてくれてありがと」
「やっぱ教えなきゃよかった」
「え、なんで？」
　気づかなかったら、布団がびしょ濡れになってたよ？
「だって、美依が離れちゃったから」
「へ……？」
「せっかく美依からギュッとしてくれたのに」
「っ！」
　一瞬だけ、胸がキュンッってなった。
　そして、さっきまでの積極的な自分を思い出し、急に恥ずかしさに襲われた。

あれから数時間後。晩ごはんを済ませてキッチンでお皿を洗って、自分の家に帰ろうと玄関の扉に手をかけた時。
「待って、美依」
　帰ろうとするわたしを知紘が引き止めた。
「どうしたの？」
「今日泊まっていって」
「は、い？」
　突然何を言い出すのかと思ったら。
　急にどうしたんだろう？
「いいよね？」
「え、いや、でもいきなりすぎじゃ……」
「いいから」
　結局、さっきまでいたリビングに逆戻りになった。
「美依のお母さんには後で僕から連絡しとくから」
「は、はぁ……」
　こうして、なぜか突然お泊まりすることが決定。
　お泊まりと言っても、家からかなり近いですけど。
　そして、なぜ知紘がいきなりこんなことを言い出したのか、後ほど寝る時に発覚するのであった。

　時刻は夜の11時を過ぎようとしていた。
「美依、眠い」
　あれだけ朝遅くまで寝ていて昼寝までしたのに、もう眠いって言ってるよ。
「じゃあ、わたしも寝るね」

だいぶ大きめの知紘のシャツを借りて、リビングのソファで寝ようとした時。
「……ぎゃっ!!」
　身体がふわりと浮いた。もちろん知紘の腕によって。
「ちょっ、知紘？」
　何も言わず、わたしを寝室まで運ぶ。
　そして、そのままベッドの上に座らされた。
「？」
　えっと、これは。
「ねぇ美依、一緒に寝よ」
「え、なんで？」
　いや、いきなりすぎじゃないですか？
　たまに知紘の家に泊まることはあっても、寝る時はいつも別々だったし。
「抱き枕、洗濯中だから」
「…………」
　あっ、そういえばそうだった。
　朝に洗濯をした知紘愛用の抱き枕は、わたしが干すのを忘れてしまって、まだ乾いていないんだ。
「今日は美依が抱き枕ってことで」
「え……うわっ！」
　気づいたら知紘とともに、身体がベッドに倒れていた。
　ドサッという音が聞こえる。
「んじゃ、おやすみ」
　そう言いながら、ギュッとわたしを抱きしめて足を絡め

てきた。
「ちょっ、ちょっと！」
「抱き枕はジタバタしない」
「うぅ……」
「あ、それともおやすみのチューでもしとく？」
「なっ!!　するわけないでしょ、バカッ」
　枕を引っこ抜いて、顔面をブロック。
「……じょーだんなのに」
「冗談(じょうだん)に聞こえないし！」
　知紘のことだから本気でしてくるかもしれない。
「ほら、おとなしくしないと……」
「ちょ、どこ触って……っ!?」
「太も——」
「わー!!　言わなくていいし！」
　な、なんてヤツなんだ!!
　変態だ、コイツは変態だ!!
　やっぱり一緒に寝るのは危険すぎる！
　くっついてきた身体を、無理やり押し返してやった。
「どーしたの？」
「離れて寝るの！」
「なんで？」
「な、なんでって……知紘が危険だから」
　『おやすみのチューでもしとく？』とかふざけたこと言ってきたり、変なところ触ってきたり……。
　知紘の顔をそっと覗(のぞ)いてみると、シュンとしている。

うっ、わたしはいつもこの顔に弱い。
「こっち来て、美依」
「っ……」
　そんな捨てられた子犬みたいな目をされたら、何も言い返せないし、断れない。
「やっぱ美依が一番」
「明日には抱き枕乾くもん……」
「別にこれからも抱き枕やってくれていいよ？」
「遠慮(えんりょ)しとく」
　知紘の抱き枕なんてもうごめんだ。いくら抱きしめられて心地いいとはいえ、さすがに一晩中抱きしめられたら心臓がもつ気がしない。
　明日になったら乾くかなぁ。
「んじゃ、美依おやすみ」
「ん、おやす――」
　チュッとおでこに軽くキスされた。
「ちょっ……！」
「おやすみのチュー」
「なっ！」
　ま、またされた……っ。
　なんでこういうこと簡単にしてくるかなぁ。
　それから翌日の朝まで、知紘はわたしを放さずに眠った。

どうやら、告白されたみたいです。

　ある日のお昼休み。
　いつも持ってきているお弁当を、今日は忘れてしまったので、購買でパンを買い、その足で自販機のジュースを買いに行った時だった。
「あの、好きなんです」
　ピッとボタンを押して、ジュースが出てくるガタンッという音。
　それにかき消されることなく、はっきり聞こえた『好き』という言葉。
　声のするほうに視線を向けると、女の子が１人。んで、男の子が……知紘じゃん。
　なんだ、また女子から呼び出しか。
　最近多いなぁ。
　中学の時からこんな感じだから、もう慣れたといえば慣れたけど。
「あの、小波くん。わたし本気で好きなんです、付き合ってください！」
「…………」
　いつも、知紘がなんて返すのかだけ、気になってしまう。
　わたしが知る限り、昔から告白されても誰とも付き合ったことはない。
　理想が高すぎるのか、それとも本気で誰とも付き合う気

がないのか、幼なじみのわたしでもいまだにわからない。
　でも、知紘に彼女ができたら、わたしってどうなるんだろう？
　今まで、断るのが当たり前だと思っていた自分の考えはおかしい。
　だって、オーケーするかどうかなんて、知紘本人じゃないとわからないことなのに。
　知紘にとって、わたしはただの幼なじみで、お世話係。
　わたしにとっても、知紘はただの幼なじみ。
　何か特別ってわけではない。
　だけど、その辺にいる女子たちよりは、知紘のことをよく知っているつもり。
　でも、もし知紘に彼女ができたら……わたしたちの今の関係ってどうなるの？
　彼女ができたら、その子のことを特別扱いして、一緒に学校に行くことも帰ることも、お互いの家を行き来することもなくなる？
　ただの幼なじみのわたしよりも、彼女がすべて上になっちゃうの……？
　あれ……なんでだろう。
　胸がチクッと痛い。
　こんなこと、今まで考えたことなかったのに。
　どうしてわたしは、こんな不安に駆られているんだろう。
　別に、知紘が誰と付き合おうが、関係ないはずなのに。
　胸にモヤがかかったみたいで、気分が重い。

「あの、小波くん？」
「ん、何？」
「そ、その返事とかって……」
　なんて返すのかな……。
　いつもみたいに断る？
　それとも、可愛い子だから付き合っちゃう……？
「あのー」
　後ろから突然話しかけられて、ハッと我に返った。
　わたしの後ろには、全然知らない男子生徒が困った顔をして立っていた。
「自販機使っても大丈夫？」
「へ……？」
　あ、しまった。
　自販機の前でずっと固まってしまっていた。
　さっきボタンを押して出てきたばかりのジュースも、まだ手に取っていない。
　人がいたことにすら気づかないって、どれだけボーッとしていたんだろう。
「大丈夫？」
「あっ、どうぞどうぞ」
　すぐさまジュースの缶を取って、自販機を譲った。
　はぁ……わたし何やってるんだろ。
　冷たいはずの缶ジュースは、わたしが放置していたせいで、少し水滴がついていた。
　ふと、さっきまで夢中になっていたほうに視線を戻すと、

もうそこに2人の姿はなかった。
　あぁ……気になっていた返事が聞けなかった。
　胸にモヤモヤを抱えながら教室に戻った。
「あ、おかえりー。遅かったね。購買混んでた？」
　教室に戻ると、華がお昼を食べずに待ってくれていた。
「えっと、そんなに混んでなかったけど、いろいろあって遅くなっちゃった。待たせてごめんね」
「ふーん、そっか。じゃ、食べますか」
　わたしの前の席には誰もいない。ぐるりと教室全体を見渡すけど、知紘の姿はどこにもない。
　いつもなら、たいして気にならないのに、今日に限ってさっきの光景が頭から離れない。
　もしかして、さっきの女の子と今も2人でいるとか？
　それとも、どこかでふらふらしてるだけ？
　あぁ、なんだかますますモヤモヤしてきた。これってどうしたら消えるんだろう……？
　どうしてこんなに気になっちゃうの……。
「美依、聞いてる？」
「……え？」
　いけない。今華が何か話していたのに、内容が全く頭に入ってこなかった。
　さっきからどうもおかしい。
「どうしたの？　なんか様子変だけど」
「い、いや別になんでもない、よ？」
　こんな風にずっと引きずっていたら、午後の授業も手に

つかなくなってしまう。
「なんかあった？」
「な、何も……」
　何かあったわけじゃない。ただ、自分でもどうしてこんな気持ちになっているのかわからない。
　気分が落ち込んでいるせいか、あまり食欲もわかない。
　だけど、午後の授業を乗りきるには、ちゃんと食べておかないと体力がもたないと思って、無理やりパンをジュースで流し込んだ。
　——キーンコーンカーンコーン。
　お昼休みが終わり始業のチャイムが鳴って、先生が教室に入ってきた。
　結局、知紘はお昼休みから教室に戻ってこなかった。知紘が授業をサボることはそんなに珍しいことではないから、誰も気に留めることもなく、授業が始まった。

　そして、あっという間に午後の授業は終わって放課後。
　1人机に突っ伏して知紘を待つ。
　午後2時間あった授業は知紘不在のまま。
　どこにいるのか見当もつかない。
　さっきから何回もメッセージを送っているのに、返事すらこない。
　どこにいるかくらい連絡してくれてもいいのに。
　それとも連絡もできない状態なの？
「知紘のバカッ……」

そんなつぶやきが口から漏れる。
　もう、なんでこんなに知紘のことが気になってるの？
　メッセージが返ってこないことなんて、いつものことなのに……。
「誰がバカだって？」
「……へ？」
　顔を上げると、そこにはいつもと変わらない知紘の姿があった。
　な、なんだ。いつ戻ってきたのかな？
「1人で何してたの？」
「……知紘のこと待ってた」
「珍しいね。いつも連絡しないと先に帰るくせに」
　先に帰れるわけないじゃん。だって気になるんだもん。
「今日は特別なの」
「へー、そう。じゃ、帰ろ」
　2人横に並んで帰るいつもと変わらない帰り道。
　だけど、今日は少し違う。
「……どーしたの？」
「え……？」
　知紘が不思議そうな顔をしてこちらを見ていた。
「いつもうるさいくらいしゃべるのに、今日は静かだから」
「うるさいって……」
　そう。2人で帰る時は、だいたいわたしが一方的に話してばかり。
　それを知紘は聞いているだけ。だいたい『へー』とか、『そ

う』としか返ってこないけど。

　だけど、今日はわたしが話さないから、お互い無言になってしまっていた。
「美依がおとなしいなんて珍しい。なんかあった？」
「っ……」
　昔からそう。わたしのちょっとした変化に、すぐ気づいて心配してくれる。
「どーしたの？」
　ピタッと立ち止まって、わたしの目線に合わせて知紘が少しかがむ。
　こうされると知紘の顔がよく見える。
　それは向こうにとっても同じで、わたしの顔がよく見えるはず。
「美依？」
　いつもより声のトーンが優しくて、わたしを見つめる瞳も心なしか違って見える。
　あぁ……なんでわたしはこんなに……。
　知紘のことで頭がいっぱいなんだろう……。
　気づいたら、知紘の胸に飛び込んでいた。
「どーしたの、いきなり抱きつくとか」
　いつもなら自分からこんなことはしない。だけど、今はそんなことどうだっていい。
　ただ、知紘を近くで感じていたくて。
「美依？」
　名前を呼んで、ギュッてしてくれる。

今はこれが簡単にしてもらえるのに。
もし、わたしよりも特別な存在ができたら……？
知紘を渡したくないって思ってしまうのは、わたしのワガママ？
「知紘……っ」
「ん？」
わたしがギュッとしたら、知紘も同じようにしてくれて、背中をポンポンしてくれる。
他の子にもこんな風に触れたりするの？
そんなの、やだよ……。
「離れちゃダメ……っ」
「は……？」
弱くつぶやいた自分の声。
だけど、周りが静かなせいか、それは知紘の耳にも届く。
「知紘が離れていっちゃうの嫌なの……っ」
「急にどーしたの？」
わたしの言っていることがいまいち理解できていないのか、戸惑っている様子がうかがえる。
「今日……可愛い子に告白されてたでしょ？」
抱きしめる力が弱くなったと思ったら、キョトンとした顔でわたしを見ていた。
まるで、そんなことあったっけ？みたいな顔をしている。
そして、少し考えた後「あー、あれか」と、どうやら思い出したみたい。
ほんの少し前のことなのに、そんなすぐに忘れちゃう？

「なに、盗み見してたの？」
「なっ、盗み見なんて人聞きの悪いこと——」
「ちょっとこっちおいで」

　わたしがまだ話している途中だったのに、無理やり腕を引かれて、人気の少ない路地裏に連れ込まれた。

　そして、そのまま身体を壁に押さえつけられる。後ろに逃げ場がなくなって、目の前には知紘の真剣な顔。

　な、なんでこんなことになってるの？

「美依はさ……」
「な、何？」

　いつも、これくらいの距離なんてなんとも思わないのに、今はなぜかこの距離に胸が騒ぐ。

「告白されたのそんな気になる？」
「…………」

　気になる……けど。

　そんなこと言ったらどうして？って聞かれて、なんて答えていいかわからなくなるから黙る。

「……答えて、美依」
「っ……」

　ずるい……。こんな至近距離でそんなこと言うなんて。

「言わないと美依にひどいことするよ」
「ひ、どいこと……？」
「そう。泣いても嫌がってもやめてあげない」

　そんなことできるわけない。

　だって、知紘はわたしが嫌がることを絶対しないってわ

かっているから。
　これは、長年幼なじみとしてそばにいたからわかる。
「……言っとくけど、本気だから」
　グッと顔が近づいてきて、唇が触れるまであと数センチ。
　どちらかが少しでも動けば触れてしまいそう。
「ま、待って……ちひ――」
　話している途中だったのに、知紘の人差し指が優しくわたしの唇に触れた。
「柔らか……」
　いつものやる気のなさそうな瞳はどこかへ行って、澄んだ綺麗な瞳が、しっかりわたしをとらえる。
「告白の返事、なんてしたか教えてあげる」
　ニヤッと片方の口角を上げて、こちらを見ていた。
　な、なんでそんな顔……。
「告白してくれた子、すごいタイプだった」
「え……えぇ!?」
　な、なんかとんでもないこと言ってるよ、この人。
　え、じゃあタイプだったってことは付き合うことが決まったってこと……？
　一瞬で自分の顔が曇ったのがわかる。
　だって今、表情筋がうまく動かないんだもん……。
「すごく可愛くて、見た目はかなりタイプ」
　ますます、どういう顔をしたらいいの……？
　喜んであげるべき……？
　それとも、平然としていたほうがいいの……？

あ……ダメだ。そんなことを考えても、瞳にうっすらたまる涙(なみだ)が、そんな表情をさせてくれない。
　どうしてこんなに苦しい気持ちになってるの……？
「付き合ったらなんでもしてくれるんだって。条件としてはさいこーだよね」
「っ……」
　あぁ……もうすぐ言われてしまう……。
『彼女できたからもう美依はいらない』って。
　やだ、やだって……心の中で叫んでいる自分がいる。
「だからオーケーした」
「っ……」
　あ……もう限界……。
　気づいた時には、大粒(つぶ)の涙が頬をつたっていた。
　いつか、こういう日が来るってことくらい、もっと前からわかっていたはずなのに。
　知紘は断るって、今までのわたしは何を根拠(こんきょ)に、そんなことを思っていたの？
　そもそも、知紘がわたしのそばから離れるなんてこれっぽっちも考えたことがなくて。
　そばにいるのが当たり前だと思っていた存在。
　いつも文句ばかり言いながら知紘のお世話をして、早く解放されたいなんて思っていたくせに……。
　いざ、その時が来ると、こんなに寂しい気持ちになるなんて……っ。
「……なーんてね」

「ふぇ……っ?」
「まさか本気で信じた?」
　だって、普段人のこと全然ほめないくせに、さっきすごい絶賛してたじゃん……。
　って、待って。今の言い方だと……。
「お、オーケー……したの嘘……?」
「うん、嘘」
「ん……えぇ!?」
　さっきまで流れていた涙が、一気に引っ込んでしまうくらい驚いた。
「オーケーしようか迷ったけど」
「っ、何それ……」
　なんだ、迷ったんだ……。
　あぁ、嘘ってわかって安心したのに。
　また不安な気持ちにさせられた。
「これも嘘。迷うまでもなかった」
「な、なんで……?」
　フッと笑いながら、わたしの瞳をジッと見つめて。
「だって、僕には美依がいるから」
　……耳元でそっと囁いた。
　知紘の言葉1つ1つから、わたしを大切に想ってくれているのが伝わってくる。
　でも、それって幼なじみだから?
　それとも、何か別の感情があるから?
　そんなことを考えてしまう自分もいる。

だけど知紘の言葉で、さっきまで感じていた不安がなくなったのはたしかだった。
「だいたい、こんな可愛い美依がそばにいるんだから、彼女とかいらない」
「よ、よかった……っ」
「ふっ、なに、不安だった？」
「た、試したの……っ？」
「美依がどんな反応してくれるか見たかったから」
　どうしてそんな嬉しそうな顔して聞いてくるの？
「そーやって、どんどん僕のことでいっぱいになればいいんだよ」
　いつだって、わたしよりも知紘のほうが１枚上手(うわて)。
　だから、勝てる気がしない。
「いつか美依の全部もらうから」
「な、にそれ……っ」
「今はまだわかんないだろうけど、そのうちわからせてあげるから覚悟(かくご)しなよ」
　知紘だけわかっていることがなんなのか、とても気になる。だけど、どうせ聞いても教えてくれないだろうな。
「泣くほど僕から離れたくなかった？」
「っ、そんなことない……もん」
　改めて言われると恥ずかしくなってきた。
　勝手に１人でいろいろ考えて、勘違いして、突っ走って、結局何もなかったなんて。
「美依は嘘つきだね」

「ぅ……」
　本音はホッとしてる。
「ほんと顔に出やすいんだから」
「意地悪……っ」
　ぷくっと頬を膨らませて睨んでやった。
　だけど、どうもそれはあんまり効果がなかったみたい。
「なに、キス顔でもしてるつもり？」
「なっ、そんなわけないでしょ……っ！」
　キス顔で、こんなに睨んでたらおかしいでしょ！
「美依は、からかい甲斐があるね」
　そう言いながらわたしの手を取って歩き出した。
「っ!?」
「今日だけ手繋いで帰ろーか」
　そんな嬉しそうな顔で言われたら断れない。
　だから何も言わず、家まで手を離さずに帰った。
　知紘の温もりを感じながら……。

Chapter. II

爽やか王子の青井くん。

　今朝も相変わらずお寝坊さんの知紘が全然起きてくれなくて、遅刻ギリギリ。

　ガラガラッと教室の前の扉を開けて入ると、先生はまだいなくて一安心。

「ほら、知紘。早く席ついて！」

　まだ眠そうで、頭が働いていない知紘の身体を押しながら、席に連れていこうとした時。

「おはよ、美依ちゃん。毎朝大変だね」

　扉から一番近い席。つまり廊下側の一番前の席に座る青井柊くんがいつものように挨拶をしてくれた。

「あっ、おはよ青井くん」

　いつも青井くんはわたしに、とても爽やかな笑顔を向けてくれる。

　まさに王子様的なオーラを醸し出している。

　女子たちはみんな、青井くんの王子様スマイルにやられちゃっている。

　青井くんは男女どちらからも好かれる、まさに絵に描いたような好青年。

　誰にでも優しくて、困っている人がいたらすぐに手を差し伸べる。とても気さくで、こんなわたしにも毎朝挨拶をしてくれる。

　ルックスだって、もうそれは素晴らしいもので。

サラサラの黒髪、少したれ目でふんわり笑った顔がとても素敵。どこからどう見ても優しさで溢れている。

　ちなみに生徒会にも入っていて、メンバーのほとんどが３年生という中で、２年生にして書記を務めている。頭もよくて真面目で優しい、非の打ちどころのない人だ。

　こんなすごい人と同じクラスなんてね。その才能を少しでいいから分けてもらいたいくらいだよ。

　青井くんと挨拶を交わした後、いつも通り席につくと。
「青井くんっていつも美依に挨拶するよねー」
　華がいきなりそんなことを言ってきた。
「え、そうかな？　青井くんってみんなにあんな感じじゃない？」
　別に、わたしだけに挨拶してるわけじゃないと思うんだけどなぁ。
「そうかなー？　だって、他の子には自分から挨拶とかしてないよ？」
「え、そうなの？」
　普段、朝ギリギリだからその辺はよく知らないなぁ。
「まあ、たまーにしてるけど。男子にね」
「へぇ、そっかぁ」
「女子は自分から声かけちゃうもんねー」
「そうだね。青井くんかっこいいもんね」
　きっと、女子のみんなが放っておかないタイプだもん。
「もしかして、美依に気があったりして」
「それは青井くんに失礼だよ！」

華の考えだけで、そんなこと言われちゃったら青井くんがかわいそう。そもそもわたしのことなんか、クラスメイトの1人くらいの感覚だろうし。
　あっ、それともいつも遅刻ギリギリだから厳重に見張られてるとか!?
　ほら、青井くん生徒会の役員だし！
　たぶんそれだ。絶対そうだ。
　うわぁ、これから気をつけないとなぁ。
　って、別にわたしのせいで遅刻ギリギリってわけじゃないし！
　いつも寝坊する知紘が悪いんだもん。
「美依は恋愛に疎いからね。アピールされてるのにも気づかなさそう」
「う、疎くないもん……たぶん」
　ちゃんと恋愛とかしたことないから、どちらかって言われたら、疎いほうかもしれないけど。

　いつも通り授業が終わって帰る準備をしていた時。
「あっ、しまった。今日、日直だった!!」
　机の中に教科書と一緒にしまわれていた日誌が、今になってひょこっと顔を出してきた。
　し、しまった……。どうしよ、全然書いてないし、授業の内容とか覚えてないよ!?
　ガーンッと1人落ち込む。
「美依帰ろ」

そんなわたしの様子に気づくはずもなく、帰る気満々の知紘。
　あー、そういえば。
　今日、知紘が好きなマンガの発売日だっけ？
　だから帰る準備が早いのか。
　こういう時だけはさっさと動けるんだから。
　……って違う違う!!
「あのね、今日わたし日直だった」
「うん、で？」
「日誌書き忘れました……」
「そうなの？　じゃあ終わるまで待ってようか？　でもマンガの新巻早く手に入れたいし……。ほら美依が読みたがってたやつ」
　あのマンガの発売日って今日だったんだ。
　ほんとなら一緒に買いに行って、そのまま知紘の家で読ませてもらう予定だったのに、ついてないなぁ。
　また別の日に読ませてもらおう。
「そっか。じゃあ、わたし1人で残って日誌書いてから帰るよ。今度新巻読ませてね」
　わたしがそう言うと、なぜか顔を曇らせていた。
　納得していない様子がうかがえる。
「美依1人で帰らすとかやっぱり心配。なんなら迎えに来ようか？」
「い、いいよいいよ！　心配しすぎ！」
　もう高校生なんだから1人で帰れるし。

昔から心配性なんだから。
「ほら、早く行かないと新巻なくなっちゃうよ？」
　無理やり知紘の背中を押して、教室から追い出した。
　こうでもしないと、らちが明かない。
「じゃ、家着いたら連絡だけは絶対して」
「はいはーい」
　変なとこ過保護なんだから。
　残されたわたしは席につき、さっきカバンにしまった筆箱を出して日誌を書き始めた。
　時間割を見ながら、それを日誌に書き写していく。
　えぇっと、１時間目は音楽で、担当の先生は……あれ、名前なんだっけ？
　たしか中野(なかの)……いや中村(なかむら)、それとも……。
「中山(なかやま)先生だね」
「あっ、そうそう！　中山先生だ！」
　なーんだ。中野でも中村でもなかったのかぁ。
　でもちょっと惜(お)しかったなぁ。
　って、わたし誰としゃべってる⁉
　驚いて日誌から目を離して、顔を上げると。
「あ、青井くん‼」
「そんな驚く？」
　王子様スマイル全開の青井くんが前に立っていた。
　って、わたし独り言、口に出してた？
「お、驚くよ！　声かけてくれればよかったのに」
「だって、美依ちゃん真剣な顔して考え事してたみたいだっ

たし」
　そりゃ、音楽担当の中山先生の名前が浮かばなくて悩んでいたけれども！
　自分では口に出していなかったつもりでも、無意識にしゃべっていたみたい。
　無意識って恐ろしい。
「先生の名前とかあんまり覚えてなくて」
「まあ、そうだよね」
　にっこり笑ったまま、ガタンッと音を立ててわたしの前の席に座った。
「？」
「日誌書き忘れたんだ？」
「うっ、さようでございます」
　だって、朝先生から日誌をもらった時、後で書けばいいやーって思って、気づいたら放課後だったんだもん。
「じゃあ、書くの手伝うよ」
「え、いいよいいよ！　青井くん忙しいでしょ？」
「美依ちゃんが思ってるほど忙しくないよ？」
「だって、青井くん生徒会あるじゃん！」
「今日はない日だから大丈夫」
　そうなのか。生徒会って毎日活動してるって勝手に思ってたけど、そうでもないのかなぁ？
「でも、やっぱり迷惑だし……」
「いいんだよ。俺が美依ちゃんと一緒にいたいだけだから」
「え？」

わたしと一緒にいたいなんて変わってるなぁ。
　なーんにも得することなんかないのに。
　むしろ迷惑ばっかりかけちゃう予感しかしない。
「ほら、早く書かないと先生に怒られちゃうよ？」
「じゃ、じゃあお言葉に甘えて」
　こうして青井くんと２人教室に残って、日誌を書くことになった。
「２時間目は……数学だ。で、先生は村田(むらた)先生で……」
「ふっ、美依ちゃん違うよ」
「んえ？」
「村田先生じゃなくて、田村(たむら)先生。逆だね」
　や、やってしまった。村田と田村を間違えるってバカ丸出しじゃん!!
　青井くん笑ってるし！
　ってか、わたし先生の名前うろ覚えすぎじゃない!?
　うん、覚える気がないからダメなんだな。
「青井くんがいてくれてよかったぁ」
　このまま１人で書き続けていたら、間違いのオンパレードだったよ。
「お役に立てて嬉しいよ」
　ほんとにこの人はいい人だなぁ。
　こんなバカなわたしのために時間を割(さ)いてくれて。
　それから青井くんの力を借りて、無事日誌を書き終えた。
「青井くん、ありがとう！　すごく助かったよ！」
　職員室にいる先生に日誌を渡してから、青井くんと一緒

に学校の門を出るところまで来た。
「これからは日誌書き忘れないようにね」
「うっ、気をつけます……」
　まあ、次に日直が回ってくるのはだいぶ先だけどね。
　あっ、こういう油断がいけないのか。
「じゃあ、またね青井くん」
　バイバイと、手を振って帰ろうとしたら。
「遅いから送っていくよ」
「え、大丈夫だよ？　遅いっていってもまだ明るいし」
　それに、わたしの都合でこんな時間まで付き合ってもらったのに、そのうえ送ってもらうなんて申し訳なさすぎるよ。
「ダメだよ。美依ちゃんみたいに可愛い子、１人で帰すわけにはいかない」
　や、優しい。こういうことが簡単に言えちゃうところがすごいなぁ。
　だからモテるわけだ。
「で、でもっ……」
「いいから、ほら早く帰ろ。こっちの方向でいい？」
「う、うん」
　なんだか久しぶりだなぁ。知紘以外の人と帰るの。
　中学の時はそうでもなかったけど、高校に入ってからは、ずっと知紘と登下校をしていたから、他の子と帰ったことがあんまりないもんなぁ。
「今日は幼なじみくんは先に帰っちゃったの？」

「うん、そうなの。マンガの発売日だから先に帰っちゃった」
「へー、そっか。じゃあ、そのマンガに感謝しないとね」
「ん？　どういうこと？」
「だって、美依ちゃんとこうして一緒に帰れるのはマンガの発売日のおかげで、幼なじみくんがいないからだし」

　うーん、青井くんの言いたいことがよくわからないのは、わたしがバカだから？

　なんて話している間に、家に着いてしまった。

　なんともラッキーなことに、わたしの家から学校まで徒歩数分という距離なのだ。

　だから毎朝のように知紘がぐずぐずしていても、なんとか間に合っている。

「あ、わたしの家ここなんだ」
「へー、すごく近いね」

　マンションをグイーッと見上げながらそう言った。

「こんなに近いのに、なんでいつも遅刻ギリギリ？」
「それは、知紘がなかなか起きてくれなくて」
「あー、同じマンションなんだっけ？」
「うん、一応」

　ふーんって声がした。その後にボソッと「奪うしかないか」って聞こえた気がする。

「青井くん？」
「美依ちゃんにとって、小波くんの存在は特別だもんね」
「特別……うーん、どうなんだろう？」

　あっ、でもたしかに周りにいる子に比べたら、特別かも

しれない。
「それを超えなきゃダメみたいだね」
　またボソッとつぶやいたと思ったら、今度は笑っていた。
　なんか今日の青井くん変なの。急に意味のわからない独り言つぶやいたり、突然笑ったり。
「そうだ、幼なじみくんに言っといて」
「？」
「油断してたら簡単に奪うからって」
　油断？　簡単に奪う？
　なんのことだろう？
「えっと、それってどういう……」
「じゃ、また明日ね、美依ちゃん」
「えっ、あ、ちょ、青井くん！」
　よくわからない言葉を残したまま、その場を立ち去ってしまった。
　残されたわたしの頭の中は、はてなマークでいっぱい。
　知紘に言えばわかるのかなぁ？
　青井くんからの伝言だよって。
　さっきのことを伝えればいいってこと？
　謎が解明しないまま、その日は家に帰った。

これっていったいなんですか。

「うわー、これは今晩ひどい雷雨(らいう)になりそーだね」

　放課後。

　華が窓の外を見ながら、そう言ったのに反応して身体をピクッと震(ふる)わせる。

　そう、今日は最悪なことに夜から雷雨になるらしい。すでに空が雲で覆(おお)われていて、今にも雨が降り出しそう。

「降り出す前に帰らないとね……って美依大丈夫？　顔色悪いけど」

「うぅっ、それがね……今日という日に限って……家に誰もいないの……っ」

　お母さんはこんな天気なのに友達と旅行中。

　お父さんは出張で帰ってこない。

　いつもなら１人でも全然大丈夫なんだけど。

　まさか雷雨になるとは。

　小さい頃、家の近くで雷(かみなり)が落ちたことをきっかけに、すごく苦手になった。

　今では稲光(いなびかり)と音だけで怯(おび)えるレベル。

　そんなわたしが１人で一晩過ごすなんて、無理に決まっている。

　華もそのことを知っていて、心配してくれているのだ。

「あらら、それは大変だ。あ、でも小波くんがいるからいいじゃん」

「知らない……あんな薄情者なんて知らないっ……！」

　知紘ってば、わたしが雷苦手なこと知ってるくせに、さっきクラスの男子に誘われて遊びに行っちゃったみたいなんだもん……っ。

　頼りにできるのは知紘しかいないのに。

「あー、でもさっきのあれは、無理やり連れていかれてた感じじゃん？」

「むぅ……知らない知らない!!」

　たしかに断ろうとしてたみたいだけど、流されてそのまま行っちゃったし。

「そんな可愛くないこと言ってたら、そばにいてくれないよ？」

「いいもん……！　知紘がいなくても平気だもん」

「まーた、強がっちゃって」

「雨が降り出さないうちに帰るね！」

　そうこうしているうちに天気はどんどん悪くなってきて、今にも大雨になりそうだ。

　華と別れて家までダッシュする。走ればほんの数分。

　階段を急いで駆け上がって、玄関の扉をバタンッと勢いよく閉めた。

　これでとりあえず一安心。

　部屋に入ってから、ほとんどの部屋の電気をつけた。

　真っ暗なのもすごく苦手だから。

　カーテンも閉めきって、雨や雷の音をごまかすためにテレビもつけて、気分を紛らわす。

そして、ささっと制服から部屋着に着替えて、ソファの上でクッションを抱えて体育座り。
　そのままテレビを見る。
　この時間帯だと、どのチャンネルもニュース番組ばかり。そして、内容のほとんどが雷雨について。
『えー、今夜は非常に激しい雷雨になるでしょう』
　お天気キャスターの人が言うんだから間違いない。
　まさか、これで突然晴れるわけがない。
　すでに雨が降り出してきたみたいで、外からザーザーと雨音が聞こえてきた。
　風も強いのか、窓がガタガタ揺れる音がして、そのたびに身体が震える。
　テレビの音なんかよりも、雨と風の音のほうが大きい。
　そしてついにゴロゴロと雷の音が聞こえてきた。
「うぅ……っ」
　耳をふさぎながら、恐怖に耐える。
　この場から１歩も動くことができない。
　こんな状態が何時間も続くなんて耐えられる気がしないよ……。
　しかも、夜になったらもっとひどくなるんでしょ？
　そんなの無理……っ。
　──ピカッ！
　カーテンをしていても、稲光が目に入ってきて。
　そして。
　──ゴロゴロ……ガッシャーン……!!

雷の落ちた音が部屋全体に響き渡ったと同時に、部屋の電気がすべて消えた。
「う、嘘っ……停電……？」
　せっかく部屋中の電気をつけたのに、どうやらそれは意味がなかったみたいで、雷とともに消えてしまった。
　何でもいいからすぐに明かりがほしくてスマホを探しても、見当たらない。
　……カバンの中に入れっぱなしだった。
　暗すぎて、カバンがどこにあるかすらわからない。
　下手に動くと何かにつまずいて、ケガをしそうな予感しかしない。
　さっきまで気を紛らわすためにつけていたテレビも消えてしまい、今この部屋には外の雨と雷の音しか聞こえない。こんなことになるなら、スマホくらいちゃんとカバンから出して、手元に置いておけばよかった……。
　今さらになって、自分の間抜けさを後悔した。
　ゴロゴロ音が鳴る中、1人で耐える。
「うぅ……ちひろ……っ」
　こんな時わたしが頼れるのは、知紘しかいない。
　さっきまで強がっていたけど、やっぱり知紘がいないと無理……。
　小さい頃から雷がひどい時、いつもそばにいてくれたのは知紘だった。
「大丈夫、僕が一緒にいるから」って、怖がるわたしを安心させるように。

その知紘がいないなんて……。

お願いだから早く帰ってきてよ……っ。

──ガチャガチャッ……バタッ！

今度は玄関のほうから変な音がした。

今日に限って、なんでこんなにいろいろ重なってくるのかな……っ。

その場から動くことができないわたしは、音に怯えながらうずくまるだけ。

──バタッ、ドタドタ……。

嘘っ……どんどんこっちに近づいてきている気がする。

まさか不審者(ふしん)……？

そんな……。

あれ、さっき帰ってきてから鍵かけたっけ……？

あまり記憶(きおく)がない。

だけど、鍵をかけた覚えがないということは……。

「ど、どうしよう……っ」

絶対、不審者だ。

さっきよりも震えが増す身体にグッと力を入れて抑えようとするけど、全然きかない。

「もうやだ……ちひろ……っ」

泣きながら震える声で知紘の名前を呼んだ。

次の瞬間、ふわっと誰かに抱きしめられた。

わかる……わかる……。今この抱きしめてくれる温もりが、どれだけわたしに安心感を与えているのか……。

暗くて、何も見えなくて、さっきまで怖くて怯えていた

のに……。
「遅くなってごめん」
　この温もりと、この声を聞くだけで、こんなに安心できるなんて。
「ちひろ……ちひろ……っ」
「うん、ここにいるから」
　ギュッと抱きしめる力が強くなる。
　こんなにもそばにいて、わたしのことを守ってくれるのはいつだって知紘だけなんだ……。
「うぅ……怖かったよぉ……っ」
「ごめんごめん。美依がやばいと思って急いで帰ってきたんだけど、ちょっと遅くなった」
「か、鍵は……っ？」
「開いてたよ。だからますます心配した」
　やっぱり、鍵かけるの忘れてたんだ。
　知紘の様子を見ると、少し息が上がっていて、それに髪も制服も濡れている。この大雨の中、急いで帰ってきてくれたことがわかる。
「ち、ちひろ……寒くない？」
「平気。美依のほうこそ大丈夫？」
「ん、知紘が来てくれたから大丈夫……っ」
　さっきまで、1人で怖かったのに、今は自然と身体の震えも止まっていた。
「そ、よかった」
「濡れたままじゃ風邪ひいちゃう……っ」

さすがにこのままにしておいたら身体が冷えてしまう。
「タオル取ってくるついでに、ブレーカー見てくるから。美依はここにいて。タオルは洗面所に置いてあったっけ？ あと、ブレーカーは玄関だよね？」
　離れていくのがわかると、とっさに身体が動いた。
「ふぇ……や、やだ……っ」
　大きな背中にギュッとしがみつく。
「すぐ戻るから」
「離れるのやだ……っ」
　わたしってこんなにワガママだったっけ……？
　こんなこと言ったら知紘を困らせるだけなのに。
「んじゃ、美依もおいで」
「い、いいの……っ？」
「その代わり、僕の手離しちゃダメだからね」
　ギュッとわたしの手を取って、そう言った。
　部屋の中を照らす明かりは、知紘のスマホだけ。
　先に玄関に向かい、ブレーカーを見つけた。
「あー、やっぱり落ちてる。部屋中の電気つけたでしょ？」
「だ、だって暗いの怖いもん」
　それを上げてくれて、無事に部屋の明かりが戻った。
　その後、洗面所に向かいタオルを用意して、それからお父さんの着替えを貸してあげた。
「そーいえば美依お風呂どーすんの？」
　タオルで髪を拭きながら、わたしに尋ねてきた。
　そうだ、お風呂に入らなきゃいけない。まだ、雷の音が

おさまってない。そんな中1人になるなんて耐えられるわけない……。
「あ、あのね……？」
「ん？」
「わたしがお風呂に入ってる間、お風呂場の外で待っててくれる……っ？」
「は……？」
　そうだよ、知紘がお風呂場のすぐ近くにいてくれれば、何かあってもすぐに呼べるし。
「ダメ……かな？」
「…………」
　知紘の顔が明らかに歪(ゆが)んでいるのがわかる。
　さすがにさっきからワガママ言いすぎて、呆れちゃってる……？
　そして、深いため息をついて、頭をガシガシかきながら。
「……僕が美依のお願い断れないって知ってて言ってる？」
「いいの……？」
「その代わり、絶対無防備な姿だけは見せないで。理性が抑えられなくなる」
　若干、不安そうな顔をしながらも、一緒にお風呂場までついてきてくれた。
「じゃ、じゃあいいって言うまで入ってきちゃダメだからね……っ？」
「はいはい」
　とりあえず、脱衣所(だつい)にはまだ入らないでもらって、外の

廊下で待ってもらうことにした。

　服を全部脱いでバスタオルを身につけ、お風呂場に足を踏み入れて扉を閉めたところで「は、入ってきていいよ」と廊下に向かって呼びかける。

　ガチャッと脱衣所の扉が開く音がした。

「知紘、ちゃんといる……っ？」

「ん、いるよ」

　お風呂場の扉越しで聞こえる声に、安心して湯船に浸かった。

　外ではまだゴロゴロ雷が鳴っている。

「ちひろ……っ？」

「ん？」

　何度も呼んで、いるかどうか確認してしまう。だって知紘のことだから、気づいたらいなくなってたとかありそうなんだもん。

「ちゃんと、そこにいてね？」

「少しは信用しなよ」

　知紘の声に安心しながらシャワーを浴びて、身体や髪を洗う。

　チャポンッと再び湯船に浸かると温かい。湯船に髪がついてしまうから、上のほうで１つにまとめた。

「もう出るからね？」

「ん、わかった」

　ある程度身体が温まったので、バスタオルを巻いてお風呂場から出ようとした時。

外から今日一番の落雷の音が響き渡った。
「きゃっ……！　やだ……っ！」
　音に反応して、夢中でお風呂場の扉を開けて、知紘の胸に飛び込んだ。
「ちょっ、美依」
「無理無理……っ、今外ですごい音が聞こえたの」
　結構大きな音だったから、近くに落ちたのかもしれない。
「うん、美依が怖いのはわかるんだけどさ……」
　ふと、知紘のほうに目を向けると、なんだか戸惑っている様子。
「ちひろ……？」
「……ほんと無防備すぎ。今の自分の格好わかってる？」
「へ……？」
　そのまま目線を自分に向けると……。
「っ！」
　し、しまった。わたしさっきまでお風呂に入っていて、そのまま飛び出してきたんだった。
「……そんな無防備な姿見せられたら、こっちの身がもたない」
　一応バスタオルは身にまとっているけど……。
　は、恥ずかしすぎる！
「ご、ごめ……っ」
　すぐ離れようとしたのに、その身体は再び知紘の胸に引き寄せられた。
「ッ……バカ、これ以上無防備な格好見せられたら、何す

るかわかんない……」
「で、でも」
「……頼むから、僕が大丈夫って言うまでこのままでいて」
　切羽詰まったような声に驚いた。
　胸に耳を当ててみると、バクバクと速く波打つ鼓動が聞こえる。
　これは間違いなく知紘の心臓の音。
「……ドキドキしてるの？」
「……誰のせいだと思ってんの？」
　おかしい……身体が妙に熱い……。お風呂上がりだからこんなに火照っているのか、それとも……。
「っ……」
　なんだかこっちまで変なドキドキに襲われてきた。

「ねぇ、知紘」
「ん、何？」
　時刻は夜の11時を過ぎた。
　結局、今夜は知紘が泊まってくれることになった。
　そして、今はもう寝る時間で、真っ暗な中２人っきり。
「なんでそんなに離れて寝るの？」
　あれから、知紘の様子がおかしい。
　わたしがとっさに抱きついてしまい、しばらく抱き合った状態でいたけど、それ以上何かされるということはなかった。
　その後から急に冷たくされているような気がするのは気

のせい？
　今だって、せっかく1つのベッドで一緒に寝ようとしているのに、端っこのほうに逃げて、おまけに背まで向けられている。
「こっちだっていろいろ我慢してんだけど」
　ボソッとそんな声が聞こえた。
　いつもなら1つのベッドで寝ることなんてないけど、今日はわたしが一緒に寝てほしいってお願いをした。
　今日だけは……1人で寝るのが怖くて。
　わたしのお願いを断れない知紘は渋々、了承してくれた。だけど、こんなに離れていたら一緒に寝てもらってる意味ないじゃん。
　ピタッと知紘の背中にくっついた。
「ちひろ……？」
　大きくてガッチリした背中……。普段ダボッとしたセーターしか着てないからわからなかったけど、触れると思いのほか筋肉があって驚く。
「……煽んないで頼むから」
「煽るって何が？」
「無自覚とかタチ悪すぎだから」
「無自覚って？」
　はぁ、とため息が聞こえたと同時に、さっきまで背中を向けていたのに、クルッとこちらを向いて、わたしの上に覆いかぶさってきた。
「美依さ、わかってんの？」

「な、何……？」
　上からわたしを見下ろす瞳が、いつもより艶っぽい。
　まるで、何かを欲しているような……そんな瞳……。
「ここ、ベッドの上だけど」
「わ、わかって……」
「わかってないから言ってんの」
　知紘の指が、わたしの部屋着のボタンを１つ外した。
「へ……」
　何が起こっているのかわからなくて、キョトンとした顔で知紘を見つめると。
「……僕だって男なんだから」
「ま、まっ……」
「……欲しいと思えば止められない。理性がきかなくなるんだよ」
　ボタンを２つ開けたところで、首筋に顔を埋められる。
「……少し我慢して」
「んっ……」
　首筋に知紘の唇が吸いついて、一瞬チクリと痛かった。
　その痛みは、全身にピリッと電気が走ったようで……。
　最後に軽くチュッと、リップ音を残して、埋めていた顔を上げた。
「……白くて綺麗な肌」
　ツーッと指で首筋をなぞりながら、
「だから、汚したくなる」
　ニヤッと笑いながら自分の唇を親指で触れ、満足そうな

表情をする。
　そのまま、今度はその親指がわたしの唇に触れた。
「……これだけで済んだんだから感謝しなよ?」
　こんなに艶っぽい表情をするなんて……。
　おかしい……。
　さっきの首筋の痛みと、触れられた唇の感触が忘れられない……。
「顔真っ赤」
　さっきから、心臓の音がドクドク騒がしい。無駄に大きな音をたてて、しばらく静まりそうにない。
　全身に熱を持っているのに、指先、足先だけは冷たい変な感覚。
　知紘に触れられたところが、いつもと違う感覚に襲われて、自分が自分じゃないみたい……。
　知紘に触れられるなんて、慣れているはずなのに……。
「……少しは男って意識した?」
　今、この瞬間だけは違った。
　幼なじみとしてじゃなくて、1人の男の子だった。
「……それ、隠しちゃダメだから」
　さっき、チクリとした部分を指さしてそう言った。
　このドキドキは雷のせい……?
　それとも知紘のせい……?
　これっていったいなんですか……?

知紘と青井くん。

　翌朝目が覚めると、昨日までの雷雨が嘘のように晴れ模様になっていた。
　よく眠れた。
　こんなにぐっすり眠れたのはいつ以来だろう？
　あんな雷雨の夜に、安心して眠れたのはきっと……。
　むくっと身体をベッドから起こし、隣を見てみると、昨日まで隣にいたはずの知紘の姿がなくなっていた。
　なによ、１人ぼっちにさせるなんて冷たいな。
　ずっと、そばにいると錯覚していたのに。
　昨日わたしを包み込んでくれた温もりが、朝までずっと続いているように感じていた。
　知紘のバカッ……。
　眠い目をこすりながら起きて支度をして、いつも通り隣の家に向かった。
　昨日のことはすっかり忘れたのか、いつも通り眠そうでやる気がなさそうな知紘の様子に拍子抜け……したのも、つかの間。
　スッとわたしの制服のリボンを取って首筋を見つめ、「あ、綺麗に跡ついた」と満足げな顔をしている。
「跡って、何かつけたの？」
　取られたリボンを直しながら聞くと「内緒」って言われてしまった。

そして、いつも通り２人で登校する。

「あ、華おはよ」
「おっ、珍しく今日は早いじゃん」
「バカにしてるでしょ！」
「あは、バレた？」
　たしかに今日はいつもより早いけれども、始業時間の１分前。
　それをわかっていて華ってばそんなこと言うんだもん。
「相変わらず小波くんとラブラブしちゃって」
「だから、ラブラブなんかしてない！」
「ふーん？　ほんとかなー？」
　何やらニヤニヤしながら、わたしを見る華さん。
　いや、そんなおじさんみたいに、ニヤニヤされても怖いんですが！
「な、何!!」
「昨日、小波くんとなーにしてたの？」
「は、はぁ？　別に何もないってば！」
　華ってば、なんでそんなしつこく聞いてくるかなぁ。
　いつもみたいに茶化してくるだけかと思ったのに、今日の華はなぜかしつこい。
「ついに小波くん、美依に手を出したか」
　ふむふむと、１人だけわかったような感じで話すのについていけない。
「しかも小波くんは独占欲強めだねー」

クスクス笑いながら、そんなことを言っている。うん、なんのことだかさっぱりだよ？
「そーだ、これあげる」
　カバンの中からポーチを取り出して、あるものをわたしに渡してきた。
「ばんそうこう……？」
　そう、華が渡してきたのは１枚の絆創膏。
　ジーッと手元を見つめる。
　うん、間違いなく絆創膏だ。
「わたしケガしてないよ？」
「必要だったら使ってってこと」
　ええ、何それ。
　全然ケガとかしてないし、むしろこんなにピンピンしてるのに。
　今日ケガする予定もないよ？
　とりあえず、華からもらった絆創膏はスカートのポケットにしまっておいた。
　それから１日、ケガすることはもちろんなかった。
　だから、華からもらった絆創膏が出動することもなく、あとは家に帰るだけのはずだった……。
　しかし、この絆創膏が思わぬところで必要になったのだ。

「おーい、小波！」
　担任の山田先生が呼んだのはわたしのほう。
　帰る準備をしていたところだったのに。

こういう時に呼ばれるのって、だいたいいいことじゃないよね。
「はーい、なんですか」
　先生がいる教卓に向かいながら答える。
「お前、たしか図書委員だったよな？」
「そうですけど」
　ちなみに、知紘もわたしと一緒の図書委員。
「んじゃ、旧館にある資料室の整理を頼む」
　うわぁぁ……やっぱり嫌な予感的中。
　何か仕事を頼まれると思った。
　わたしたちの学校は校舎がいくつかあるんだけど、その中で全く使われていない旧館がある。
　誰も立ち寄らないような場所の資料室の整理とか、絶対に面倒だ。
　ってか、なんで図書委員がやらなきゃいけないの？
「いつも図書委員が当番制で片づけてるんだ。それでその当番がお前たちに回ってきたってわけだ」
「ガーン……ショック」
「口に出すほどショックか？」
　おっと、いけない。
　つい心の声を口に出してしまった。
「だって早く帰りたいですもん」
「まあ、これも図書委員の宿命だ」
　宿命ってこんな時に使う言葉だっけ？
「いつもの相方もちゃんと連れていくんだぞ、いいな？」

相方って、わたしと知紘は漫才コンビじゃないっての。
　先生はそのまま、職員室に戻っていってしまった。
　教室の中を見回すと、いつの間にか誰もいなくなっていた。みんな帰るの早すぎじゃない？
　肝心のわたしの"相方"とやらは、お昼休みから姿が見えない。
　午後の授業をサボッて、どこかで昼寝でもしているんだろうな。カバンはあるからまだ帰っていないはず。
　仕方ないなぁ……探しに行くか。
　そう決めて廊下に出たところで「美依ちゃん」と突然名前を呼ばれ、腕をつかまれる。
　振り返ると、青井くんがいた。
「どっか行くところ？」
「あ、うん。知紘を探しに行こうと思って」
　たぶん保健室か屋上にいるだろうなぁ。あ、でも今日は暖かいから屋上のほうが可能性高いかも。
「へー、どうして？」
「さっき、先生に図書委員だからって旧館の資料室の整理頼まれちゃって。ほら、わたしと知紘、図書委員だから」
「あー、委員会も一緒なんだ」
　グッと腕をつかむ力が強くなったような気がした。
「あ、青井くん？」
「よかったらそれ俺が手伝うよ」
「え？　いいよいいよ!!　知紘探して２人でやるからだいじょう——」

「2人っきりにさせたくないから」
「へ……？」
　真剣な眼差しが向けられて、それに見つめられると、平常心が保てなくなる。
　いつも、笑顔で優しい表情をしている青井くんとは違って見える。
　正面で向き合って、ジーッと青井くんを見つめると、何かに気づいたのか、眉をひそめた。
「それ……小波くんにつけられた？」
　首筋にかかる髪をスッと持ち上げながら、そう言う青井くんの声は、どこか不機嫌そう。
「あ、青井くん、近い……っ！」
　引き離そうとしても、力で敵うわけがない。
「……ほんと、ムカつくことばっかりやってくれるね」
「青井く……ん？」
「美依ちゃん、もしかしてそれ気づいてない？」
　青井くんが言う『それ』とは？
　よくわからなくて、首をかしげる。
　すると、わたしの首筋を指でなぞりながら、スッと耳元に近づいてきて……。
「……キスマークついてる」
　きす、まーく……!?
「小波くんがつけたんでしょ？」
　すぐさま青井くんから離れて、慌ててカバンの中から鏡を出して確認してみると。

「な、何これ……！」
　制服の隙間から見える位置に、見事に紅いキスマークがつけられていた。
　い、いつの間に……！　知紘の仕業だ。
「その様子だと気づいてなかったんだ」
　もしかして、昨日のあれだ。
　首筋に痛みがあったと思ったら、まさか……こんなのつけてるなんて！
　しかも、それに気がつかずに１日過ごしていたわたしっていったい……。
　あぁ、やってしまった。
　もしかして華も気づいてた？
　絶対気づいてたよね？
　だから、あんなにしつこく聞いてきたわけか。
　スカートのポケットに待機中の絆創膏。
　必要だったら使ってって……。
　ついてるなら教えてくれればよかったのに……！
　なんで遠回しにしか言ってくれないの？
　すぐさま、絆創膏をペラッとはがして、今さら感もありつつ、首筋に貼りつけた。
「あ、ありえない……！　知紘ってば何考えて……」
「やっぱり小波くんがつけたんだ」
　あっ、しまった。
　今ので完全に肯定したことになってしまった。
　虫に刺されたとか、いくらでも言い訳できたはずなのに。

バカなわたしはそこまで気が回らなかった。
「ぅ……や、えっと」
　ど、どうしよう。こんなキョドッてたら余計変な関係だと思われてしまう。
「……ほんとムカつく」
　ボソッと声が聞こえたと同時に突然、身体を引き寄せられた。
　な、なんでわたし青井くんに抱きしめられてるの……？
　頭の中でプチパニック発生。
「あお……いくん……？」
　ふんわり、柑橘系の匂いに包まれる。
　抱きしめられるなんて、知紘にしょっちゅうされてることなのに。
　全然感覚が違う。知紘に抱きしめられている時は、心地よくて、安心できて、このままずっと抱きしめてもらいたいって思えるのに。青井くんに抱きしめられると、なぜか不安でたまらない気持ちになる。
「そっちがその気なら、俺も遠慮なく攻めるよ」
「な、なに言ってるの……？」
　抱きしめる力が弱まったと思ったら、青井くんの指が顎にそえられた。
「へぇ、そんな可愛い顔するんだね」
　いつもと違う青井くんの態度に戸惑いを隠せず、緊張からか瞳にうるっと涙がたまって、顔全体が熱い。
　平静さを失いかけている。

知紘といい、青井くんといい、まるでわたしの反応を楽しんでいるかのようにも見えてしまう。
「そんな顔されたら、止まんないよ」
「や、だっ……やめて」
　クラクラして、足に力が入らなくなってきた。
「もう、このまま無理やり奪いたい」
　そのまま、青井くんの顔が近づいてきて、唇が触れるまであと少し。
「美依ちゃんのことになると理性が抑えられなくなる」
　息がかかる。
　この距離、とても危険……。
　目の前の青井くんは、もっと危険……。
「は、離れて……っ」
「そんな可愛い声で言っても効果ないよ」
　ダメ……もうなに言っても通じない。
　止まってくれない。
　こんな青井くんは初めて……だ。
「小波くんが、こんなことするなら、俺もキスくらいしちゃおーか」
「……!?」
　な、なに言ってるの青井くん？
　やっぱり今日の青井くんはおかしい。
　いつもこんなこと言ったりしない人が、意地悪そうな笑みを浮かべている。
「だって、今ならすんなりできるよ」

「だ、ダメ……だよ」
「美依ちゃんが抵抗しても、無理やりしようと思えばできちゃうけど」

　たしかに、このままだったらわたしが抵抗したところで敵うわけない。

　はずだったのに……。

「……そんなこと僕が許すと思ってんの？」

　今の声の主で遮られた。

　後ろからグイッと引っ張られ、身体が声の主のほうに倒れた。

　もちろん声だけでわかるけど、抱きしめられた感覚でもわかるなんて。

「僕の美依に手出さないでくれる？」
「僕の、ね」

　そう、今わたしを抱きしめている、この腕は知紘だ。

　まさかの登場に慌てふためく。

　いつ戻ってきて、いつから見られてた？

　気になるけど、聞けない。

　聞いちゃいけない空気が流れている。

　後ろでわたしを抱きしめる知紘と、正面にいる青井くんの間にピリピリとした空気が流れている。

　知紘は睨んでいるようで、青井くんは怒りを抑えながら無理して笑っているように見える。

　どう考えても空気は最悪。

　だけど、どうしてこんな空気になっているのか見当がつ

かないわたしは、2人を交互にキョロキョロ見ることしかできなかった。
「美依ちゃんって別に小波くんのものじゃないでしょ？」
　青井くんがわたしの腕をグッと引く。
　だけど、それに負けじと知紘もわたしを放そうとしない。
「だから何？」
「彼氏でもないヤツが出てくるなって言ってるんだけど。わかる？」
「そっちこそ、美依のなんなの？」
　今にもケンカが始まりそうなくらい、2人とも口調が強い……お互い譲る気はなさそう。
「今はただのクラスメイトだけど？」
「だったら、ただのクラスメイトが手出そうとするのやめてくんない？」
　今はただのクラスメイトって、どういうこと？
　これから何か変わるってこと？
　2人の会話に全くついていけない。
「へー、じゃあ聞くけど。ただの幼なじみくんが、こんなことしていいんだ？」
　わたしの首筋を指さしながらそう言った。
　"ただの"が強調して聞こえたのは気のせい？
「あんたみたいな変な男が寄りつかないよーにしただけ」
　まさかこの2人、ここにわたしがいるってこと忘れてないよね……？
　なんだか、わたしの存在なんかそっちのけで言い争いを

しているように見えるんですが。
「そっちがそういうことやるなら、俺も遠慮しないよ？」
「はっ……あんたに美依を渡すつもりはないから」
「まあ、今だけだろうね、そんなことが言えるのは」
　すると、青井くんが知紘からわたしのほうにゆっくりと視線を向けて。
「そういえば美依ちゃん、小波くんに言っといてくれた？」
「な、何を？」
「この前一緒に帰った時に伝えといてって言ったこと」
　はて……？
　青井くんから知紘に伝えることなんてあったっけ？
「ほら、言ったでしょ？」
　ニヤッと、わたしのほうに笑みを向けたと思ったら、再び知紘のほうに視線を戻して……。
「油断してたら簡単に奪うって」
　その言葉に、わたしよりも先に知紘のほうが反応して。
「奪えるもんなら奪ってみろよ」
　そう吐き捨てて、青井くんから遠ざけようとするかのように、わたしの腕をつかんで教室を飛び出した。
　わたしを引っ張ってどんどん歩いていく知紘に、必死についていく。
「ちょ、ちひろ！」
　呼びかけても、全く聞く耳を持たない。
　こちらを見ようともしない。
　少し前を歩く知紘の背中についていくだけ。

つかまれている腕に伝わってくる強さは、いつもより荒(あら)くて乱暴。
　今日の知紘は変だ。
　青井くんへの接し方がいつもの知紘らしくない。
　普段クラスの子といる時は、あんな風に強い口調で話したりしない。そもそもクラスメイトとは余計なことを話すことすら嫌がって、いつも聞き流しているのに。
　前を歩く知紘は、いったい何を考えているんだろう。

幼なじみが本気を出す時。

　無言のまま連れてこられたのは、今の時間は使われていない空き教室。
　入った途端ドンッと、荒く壁に身体を押しつけられた。
「ちょっ、ちひろ……痛い」
　抗(あらが)おうとしても、それをさせないように、手首をグッとつかまれる。
　正面にある知紘の顔は、さっき青井くんに向けていたような鋭(するど)い目つき。
　そんな顔……普段しないくせに……。
　こんな状況(じょうきょう)なのに、普段見ない知紘の表情にドキッとしているわたしはどうかしている。
　すると、手首を押さえつけている手とは反対の手が首筋に伸びてきて。
「隠すなって言ったよね?」
　さっき貼りつけた絆創膏をペリッとはがした。
「だ、だって知紘がこんなのつけるから……」
「なんのために、ここにつけたと思ってんの?」
　そんなのわたしが知るわけない。
「変なのが寄ってこないためにつけたんだけど」
　はぁ、とため息をついたと思ったら、片手で器用にわたしの制服のリボンを取って、ボタンを外した。
「な、何して……っ」

「隠したりする美依が悪いんだよ」
　ツーッと、知紘がつけた紅いキスマークを指でなぞりながら、そのまま顔を埋める。
　そしてチュッとキスを落として、軽くペロッと舐(な)めた。
　チクリと痛い……。
「やだ……っ」
　また、あの痺(しび)れるような感覚に襲われた。
　全身がピリピリして、この感覚から逃げたいのに押さえつけられているから動けない。
　足に力が入らなくて、ガクッと抜ける。
「っと、あぶな」
　崩れそうになったわたしの身体を、知紘がとっさに支えた。一度バランスを崩(くず)すと、力が抜けたままになる。
　この感覚がすごく苦手。
　知紘のセーターをギュッと握(にぎ)って、瞳に訴(うった)えかける。
「……っ、その潤(うる)んだ瞳がたまらない」
　熱い……すごく熱い……。
　知紘の見つめる瞳が熱を持っていて、それに見つめられると、こっちまで熱くなる。
　相変わらず足には力が入らなくて、知紘に支えてもらって立つのがやっとな状態。
「ぅ……意地悪しないで……」
「美依が悪いんだよ。それ隠すし、変な男に言い寄られてるし」
「変な男って青井くんのこと？」

「あいつ以外に誰がいんの」
「青井くんは変な人じゃないよ……。今日はちょっと様子がおかしかったけど、普段は優しくて、親切だもん」
　知紘の表情は、見るからに不満そう。
　昔から気に入らないことがあると、いつもこの顔になる。
　不機嫌な時はすぐにわかる。
「……あいつのことそんな気に入ってんの？」
「き、気に入ってるとかそういうのじゃなくて。普通にクラスメイトとしてすごくいい人だし、仲よくしてくれてるから……」
「美依にとってはただのクラスメイトでも、向こうはそういう対象で見てないってことくらいわかんないの？」
　なんで知紘がそんなに怒るの……？
　知紘こそ青井くんのことそんなに知らないくせに、どうしてそんなことが言えるの？
　この前、日直で日誌を書き忘れたわたしのために、時間を割いて一緒に残って手伝ってくれた。今日だって図書委員でもないのに、仕事を手伝おうとしてくれたり。
　そんな青井くんのどこが気に入らないの？
「あ、青井くんは悪い人なんかじゃないもん……」
「……美依は男ってのがどういうのかわかってない」
「そ、そんなのわかんな……」
「僕が来なかったら何されてたかわかってんの？」
　グッと、知紘が迫る。
　さっきの青井くんと同じくらいの距離。

どうもこの距離には慣れない。
　青井くんといい、知紘といい、どうしてこんなに近づいてくるのかな……。
　また、収(おさ)っていた胸の鼓動が速く動き出す。
「……そんな顔して。あいつにもそんな表情見せたの？」
　つかまれた手首にグッと力がこもって痛い。
「い、いた……い」
　必死に抵抗しようとして、顔を正面からそらしたのに。
「……こっち見て」
　手首をつかんでいる手とは反対の手で、器用にわたしの頬に手をそえて、視線をそらすことを許さない。
　手首をつかむ手は乱暴で、痛くて……。
　それなのに、頬にそえられる手の触れ方は、まるで大切なものを包み込むように優しいなんて……。
「そ、そんな……乱暴にしないで……っ」
　再び知紘の瞳に訴えかけても。
「……そんな風に言われても逆効果なんだけど」
　揺るがない。
　知らなかった……。
　小さい頃は、見た目が可愛らしくて、わたしと並ぶとよく女の子に間違えられることもあったのに。
　力だって、わたしよりも弱くて、背だってわたしとそんなに変わらなかったのに。
　なのに……今、目の前にいる知紘は、もう今までの知紘じゃない。

昔の面影はあるけれど、誰もがうらやむ整った顔立ち。
　手首にこもった力は強くて、わたしの力じゃ振りほどけない。
　それに、わたしを覆ってしまうくらい大きい身体。
「っ……」
　もう、昔の知紘とは違う……。
　知らなかった……。
　知紘が"男の人"になっていたことを……。
　今までのわたしは何も気づいていなかった。
　前に華から言われたことを思い出した。
　知紘みたいな男の子がそばにいて、なんとも感じないのかって。
　実際、知紘はかっこいいしモテる。
　だけどわたしにとっては、昔と何も変わっていない幼なじみで。
　今の知紘をわかっていなかった。
　わたしの中での知紘は昔のまま止まっていて、何も変わっていないって……。
　そんな風に思っていた自分は間違っていた。
「……美依」
「っ……」
　こんなにも、わたしを見つめる瞳はまっすぐだ。
　美依って呼ぶ声も、昔は可愛くて、幼かったのに。
　今では、落ち着いた低い声で、耳元で呼ばれたらゾクッとする……。

こんな表情をするなんて、全く知らなかった。
　こんなにも変わっていたなんて……。
　知紘の視線が、触れる手が、距離が……すべてわたしをおかしくさせる。
「……美依の頬、熱くなってる」
　そんな風に触れないで、囁かないで……。
　意識し始めた途端、もう前の自分には戻れない気がした。
　今までのように幼なじみとして接することができなくなってしまう。
「そ、そんな風に……触れないで……っ」
　もう、ダメ……。
「……ねぇ、美依」
　突然つかんでいた手首をスッと放した。
　さっきまで、抵抗して、逃げようとしていたのに……。
　今はもう、そんなこと考えていない。
　そして、知紘の綺麗な指がわたしの唇をそっとなぞる。
「……もう幼なじみじゃいられない」
　全身がドクッと震えた……。
　もう、幼なじみの知紘はいない。
　そう訴えかけられているみたいで。
　２つの影が重なる寸前……。

「……好きだよ、美依」
　甘い囁きと、甘いキスが落ちてきた……。
「んっ……」

唇に触れただけなのに、全身がピリッとして、胸がキュンと縮まって、一気に全身の力が抜けた……。
　自分でも聞いたことがない声が漏れる。
「もっと、甘い声聞かせて」
「んんっ……ダメ……」
　抵抗したいのに、この甘いキスに身体が反応して、全く動かない……。
　ただ息が苦しくて、離れたくて、ギュッと、知紘のセーターを握る。
「……まだ放してあげない」
　そう言ってわたしの手を取ると、スッと指を絡めてきた。
「ち……ひろ……っ」
　途切れ途切れで名前を呼ぶのが精いっぱい。
　頭がクラクラして、意識がボーッとしてきた……。
「……もう限界？」
「はぁ……っ」
　唇が離れた途端、力なく知紘の胸に倒れ込んで、息を整える。
「そんな苦しかった？」
「っ……な、なんでキスなんか……っ」
　まだ、呼吸が整ってない中、知紘に問いかける。
　どうして、キスなんか……。
「……言ったでしょ、幼なじみやめるって」
「そ、それと……キスは関係な……」
　少し身体が離されて、知紘の瞳がしっかりわたしをとら

えた。
「……幼なじみなんかじゃ足りない」
　もう、戻れない。
　幼なじみなんて関係じゃいられない。
「……好きだよ」
　その好きは……。
　幼なじみの関係を終わらせる言葉……。

なんだか変に意識してます。

　あの衝撃の日から３日後……。
　いつも通りの朝がやってきた。
　目の前の知紘の部屋の扉のノブを握りながら、なかなか開けられずにいる。
　結局あの日、何が起こっているのかわからず頭の中がごちゃごちゃになったわたしは、気づいたら知紘を残して教室から飛び出していた。
　そのまま必死に走って家に帰り、何も考えられなくて、部屋に閉じこもった。
　そして、その次の日から２日間は幸いなことに学校が休みで、いつもなら休日も知紘の家に行くのが当たり前だったのに、行こうとしなかった。
　行ったとしても、どう接していいかわからなくて。
　突然のことに、頭が全くついていかない。
　あの日のキスで、わたしと知紘の関係は大きく変わった。
　ずっと変わらなかったこの関係に初めて訪れた変化。
　気持ちの揺れを隠しきれない……。
　だから休みの日の間、知紘とは会っていないし、連絡もしていない。
　だけどその間も、わたしの頭の中は知紘のことばかり。
　会っていないのはたった２日なのに。
　どうしてわたしは今、扉の前でこんなに緊張しているん

だろう。
　いつも通り……いつも通りにすればいいって言い聞かせているのに。
　なぜか、いつも通りにできる自信がない。
　――ガタンッ……！
　グッと握っていた扉のノブに力が入りすぎて、勢いで扉が開いてしまった。
「あ……」
　やってしまったと、心の中でつぶやく。
　開いた扉から中をそっと覗いてみると、そこに知紘の姿はなかった。
　今まで、わたしが来る前に起きていたことなんてなかったのに。
　どうして、今日はいないの……？
　あの日何も言わずに１人で飛び出して、勝手に帰ったから怒ってるの……？
　それとも休みの間、連絡も取らなくて、会いに行こうともしなかったから……？
　だけど、連絡をしてこなかったのは知紘も一緒。
　あの日のキスも。
　好きって言った言葉も。
　幼なじみをやめるって言ったのも。
　すべてが突然すぎてついていけない……。
　何もかもが中途半端で、曖昧で、うまく整理しきれていない。

あぁ……もう、やだ……。
　ため息をついて、その場から去ろうとした。
　それなのに。
「……来るの遅すぎ」
　気づいた時には、後ろから抱きしめられて、身動きがとれない体勢になっていた。
　ふわりと、香る甘い匂いに包まれて、身体が一気に熱を持ち始める。
「ち……ひろ……」
　すっぽり覆われながら、知紘が少しかがんでわたしの耳元に口を寄せる。
「……なんで会いに来てくれなかったの？　連絡もないし」
　耳元で久しぶりに聞く知紘の声が妙にくすぐったい。
　いつもはこんなに意識しないのに。
　今はこうして抱きしめられて、触れられるだけで、こんなに胸が騒がしくなって、落ち着かないなんて……。
「だ、だって、知紘が……」
　言いかけてやめた。
『だって、知紘がキスしたから』
　そんな意識しまくっているようなこと、言えない。
　だけど、そんなの知紘が許すわけなくて。
「僕が何？　言いなよ」
　気づけば身体がクルッと回って、目の前に知紘が立っていた。
「ちょっ……待って……っ」

正面で向かい合わせになると、お互いの視線が絡み合う。それに耐えられなくて、視線をそらそうとしても、どこを見たらいいかわからなくて、あたふたして、知紘を押し返すことしかできない。
　　それなのに。
「……もしかして意識してる？」
　　わたしの手を簡単につかんで、そんなことを聞いてくる。
「っ……」
　　図星を突かれて、言葉に詰まる。
「ふっ……当たり？」
　　余裕がないわたしをからかうような声が、頭の上から聞こえる。
　　スッと、髪に知紘の指が絡む。
　　それに反応してピクッと身体が跳ねて、思わず顔を上げてしまった。
　　その時、口元を緩めてわたしを見つめている知紘の表情をとらえた。
「髪に触れただけなのに反応しすぎ」
　　変なの……どうしてこんなに、意識してるの……？
「は、放して……っ」
　　もうこれ以上そばにいたら、自分を見失ってしまいそうで……。
　　心臓がもたない……。
　　バクバク……うるさい……。
　　これじゃ、知紘にも聞こえてしまう。

「そーやって、僕のことで頭がいっぱいになってる顔、いいよね」
　わたしの反応を見て、なぜか満足そうにしていた。
　完全に知紘のほうがわたしの上をいっている。
　なんで、わたしばっかりこんなに振り回されてるのかな？
　もう、幼なじみじゃなくなった知紘は止められない。
「……もっといっぱいにしてもいい？」
「へ……？」
　間抜けな声を出している場合じゃなかった。
　腕を引かれて、身体を押されて、ドサッとベッドに倒れ込む。
　その上に知紘が覆いかぶさり、ギシッとベッドが軋む。
　この状況にひとり慌てているわたしを、平然とした顔で見下ろす。
「だ、ダメ……遅刻しちゃう……」
　そう訴えかけると。
「美依ってさ、ほんとバカだよね。今の状況わかってる？」
「え……押し倒されてる……？」
「こんな状況で遅刻の心配してる余裕あるんだ？」
　……余裕なんかあるわけない。
　心臓はバクバク、頭の中はフル回転。
「……そーやってすぐ顔赤くして」
　頬に触れる知紘の手がひんやり気持ちよくて、そして触れられたとわかると、また身体が反応してしまう。
「意識しすぎ。もしかして何かされるの期待してるとか？」

相変わらず、知紘は表情１つ崩さない。
「なっ……き、期待なんてしてな……」
「あー、また隠してる」
　人が話している途中だっていうのに、わたしの首元を見ながら、不満そうな声をあげた。
「隠すなって言ってんのに隠す美依は、ほんと悪い子だね」
　そう言いながら、まだ消えていないキスマークを隠すために貼った絆創膏をはがし取った。
「だ、ダメ……隠さないと……」
「隠さないと何？　あいつにバレるのがそんなに嫌？」
「そ、そうじゃなくて……」
　知紘は青井くんの話になると、すぐそうやって、鋭い視線を向ける。
「隠しきれないくらい、もっとつけてもいいけど」
「そ、そんなのダメ……っ」
　わたしが話してる途中なのに、知紘がブラウスのボタンに手をかける。
「や、やめ……」
「あんまりうるさくすると、この前みたいに口ふさぐよ」
　そう言われて、すぐ顔を知紘からそらした。
「意識しなよ、僕はもうただの幼なじみじゃないんだって」
　また言った……もう幼なじみじゃないって……。
「もう遠慮とかしないから覚悟しなよ」
　そう言って、チュッとおでこに軽くキスを落とした。
「今日はこれで許してあげる」

そして、ようやく解放された。

解放されたのに、胸の鼓動はおさまることを知らない。

こんなにも知紘を意識することになるなんて……。

まるで、いつもと違う知紘を見ているみたいで、調子が狂う……。

しばらくベッドに倒れたままになっていると。

「美依、支度できたよ」

まるで、さっきまでのことを全く気にしていないような素振り。

「ほら、早く行こ」

いつもと変わらない知紘と、いつもと変わりすぎているわたし。

どうして、わたしと知紘の間でこんなに差があるんだろう……？

わたしが変に意識しすぎてるから？

いや、そりゃ意識するでしょ……？

だって、いきなりキスマークつけられて、おまけにファーストキスまで奪われて……。

あ……そっか。

わたし彼氏でもない、ただの幼なじみにファーストキス奪われちゃったんだ……。

だけど、知紘にキスされたことが不思議と嫌じゃなかったのはどうしてだろう……？

唇にそっと手を当てる。

あの日の感触がなかなか消えてくれない。

どれだけ忘れようとしても忘れられない。消そうとしても消えない。
　わたしがこんなに変なのは、全部全部知紘のせいなんだから……。
　意識しないようにすればするほど、意識して空回り。
　いつもみたいに接したいのに、知紘が変なことばっかり言ってくるから、それにいちいち反応して、いつも通りになんてなれない。
「制服、はだけたままだけど」
　ボーッと１人でそんなことを考えていたら、知紘がそばに寄ってきて言う。
「少し見えそう」
「み、見ないで……っ！」
　すぐさま手で隠して、背を向けてボタンをすべて閉じた。

「ねぇ、美依？」
　登校すると、隣に座る華が真剣な顔でこちらを見ていた。
「な、なぁに？」
「小波くんとなんかあった？」
「っ！」
　華から知紘の名前を聞いただけで、ドキッと胸が跳ねる。
　走ってきたせいで息があがっていて、呼吸を整えながら自分を落ち着かせる。
　平静を装うために、髪を直しながらなんてことないって顔を作った。

「珍しいじゃん、別々で登校してくるなんて」
　あれから、わたしは知紘の部屋を飛び出して、1人で学校に来た。
　これ以上、知紘のペースに巻き込まれていたら身がもたないと思って。
「きょ、今日は知紘が起きてくれな、くて……」
　昔から嘘をつくと、言葉が片言になるからすぐにバレる。
　直そうとしても、なかなか直らない。
　華もそれを知っているから、これが嘘だってことくらいわかってしまうはず。
「もしかして、それが原因？」
「っ……」
　華が指を差したのは、わたしが今必死に隠している首元。
　今朝、知紘の手によってはがされてしまって、隠すものがないまま来てしまったから、不自然に手で首元を隠していた。
「その顔は図星か。しかも今の美依の様子からすると、何かそれ以上のことがあったと見た」
　何も言ってないのに、華の言っていることはほぼ当たり。
　さすが……。
　こんなに自分のことをわかってくれる友達なんて、そうそういない。
「は、はなぁ……っ」
「え、ちょっ、どーしたの！」
　頭が混乱しているせいで、突然涙が出てきた。

「うぅ……はなぁ……っ」
　朝の始業時間前だっていうのに、子供みたいに泣き出したわたしに華は慌てる。
　周りの子は、何があったの？って顔をしてわたしたちのほうを見ている。
「い、いったん外出よっか？」
　そんなわたしを外に連れ出してくれた。
　人通りが少ない廊下のすみっこで、ぐすぐす泣くわたしの背中をさすってくれる。
「ほら、これ使って」
　華がハンカチを差し出してくれた。
　それを受け取っても、まだ涙が止まらない。
　いきなりいろんなことが起こって、それを自分の頭の中で処理しきれなくなっていた。
「小波くんと何があったの？」
「うぅ……知紘がっ……知紘が」
「うんうん、小波くんがどうしたの？」
　言いたいことがうまく伝えられないのに、華は急かそうとせず、優しく聞いてくれる。
「……キス、してきた……っ」
「キスって、そのキスマークのこと？」
「……うぅ、ん……違う……っ」
　それから、泣きながらも、今まであったことを話した。
　知紘に好きだと言われたこと、知紘にキスをされたこと。
　どうして、知紘がそんなことをしてきたのか、理解でき

なくて、今自分がいっぱいいっぱいになっていることも。
　すべて話し終えて、華を見ると、そんなに驚いた様子はなかった。
　むしろ「え、てかキスマークつけられたから、もうてっきり美依は小波くんのこと受け入れたのかと思ったけど」と意外にあっさりとしたリアクションをされて、拍子抜けした。
「ま、まだ自分の中で何が起こっているのか理解できてないっていうか……気持ちが追いついてなくて……」
　華にうまく言葉で伝えようとしても、それすらできない。
「そんな美依に小波くんはキスしてきちゃったわけかー」
　今まで、ずっと幼なじみとしてそばにいたのに、どうして急に……。
　いつもみたいにただの気まぐれなの……？
　好きって伝えてくれたのも、まさか本気で言っているとは思えない。
　だってずっと幼なじみとしてそばにいたから……。
「最近の知紘、変なの……」
「変って、たとえば？」
「青井くんの話するとすごく怒る……」
「そりゃ、いい気はしないだろうねー」
　ははっと笑う華には、どうして知紘がそれで怒るのかわかるみたい。
「なんかこの前も青井くんとバチバチしてて……」
「え、何？　２人で話したの？」

「たまたま、わたしが青井くんと一緒にいるところに知紘がやってきて、2人で言い争いになっちゃって……」
「うわ、まさに典型的な修羅場ってやつじゃん。なるほどねー。んで、小波くんの焦った結果がこれか」
　華はまるですべて理解したような口ぶり。
　ざっくりとした内容しか話していないのに、どうして華にはわかるのか不思議で仕方ない。
「小波くんも必死なんだよきっと」
「えぇ……？」
「これはどっちが悪いとかは言えないよ。勝手にキスした小波くんも悪い。だけど、小波くんの気持ちに気づかない鈍感な美依も悪いの。わかる？」
「うぅ……わかんない……」
　急に幼なじみじゃいられないって言われても、これから先どうしたらいいか、わたしにはわからないんだもん。
「小波くんがどんな気持ちで美依のそばにいるのか考えたことある？」
　華の問いかけに首を横に振った。
「あんまりわたしの口からは言えないけどさ……。小波くんにとって美依は特別なの。誰にも渡したくない、手放したくない存在なの」
「そ、それは幼なじみだからじゃ……」
「違う。幼なじみだからとかそういうことじゃないの。美依はさ、これからもずっと小波くんのこと、幼なじみとしてしか見ないつもりなの？」

「っ……」
「小波くんはきっと、ずっと前から美依のこと幼なじみとしてなんか見てないよ」
　っ……。
　華に言われた言葉が胸にズシッと乗っかる。
　そう……わたしにとって、知紘はずっと幼なじみで、この関係はずっと変わらないものだと思っていた。
　だけど、そう思っていたのはわたしだけで……。
「ただの幼なじみなんかに好きなんて言わないし、キスもしない。だから、美依も自分の気持ち少し整理して考えてごらん。自分にとって、小波くんは本当に幼なじみとしての存在でしかないのかってこと」
　知紘がどんな気持ちでわたしのそばにいてくれたかなんて考えたことなくて……。
「きっとまだ美依自身が気づけてない、大切な気持ちがあると思うから。だからわたしの口から話すのはここまで。あとは自分で考えること！　わかった？」
「…………」
「わたしは先に教室に戻るから、落ち着いてから戻っておいで」
　そのまま、華は教室に戻っていった。
　１人残されたわたしは涙を拭き、気持ちを落ち着けてから教室に戻ることにした。

　ホームルーム前に出ていってから、結局戻ってきたのは

2時間目が始まる前。

さっきまで、泣いていたから少し目が赤い。それを隠すように、下を向きながら教室に足を踏み入れた。

だけど、こういう時に限って、誰かにぶつかってしまう。

「きゃっ……、ごめんなさ……」

すぐさま、ぶつかった相手に謝ろうとして、顔を上げると……。

「美依ちゃん?」

「っ……」

たまたまぶつかった相手は青井くんだった。

「どうしたの、なんか目赤くない?」

青井くんの指が自然に目元に触れる。

クラスの子がいるのに、お構いなしにわたしとの距離を詰めてくる。

「ち、近いよ……っ」

「そう?」

身体を少し後ろに下げても、またその距離を青井くんが詰めて、引こうとしない。

この前から青井くんは変だ。

前は、こんなことしてこなかったのに。

そんな青井くんの変化についていけない。

「それ、隠さないんだ?」

「あ……」

しまった……。

今朝貼ってきた絆創膏は知紘の手によってはがされてし

まったんだ……。
「それとも、貼ったけど幼なじみくんにはがされたとか？」
「っ……」
「否定しないんだね」
　どうせ、ここで否定したって、嘘って見抜かれるのはわかっている。
「ほんと美依ちゃんは正直だね」
　ポンポンと頭を撫でられた。
「へ……」
　青井くんの意外な行動に、間抜けな声が出てしまった。
「ごめんね、意地悪なことばっかり言って」
　笑っていた青井くんは、いつもの青井くんの顔だった。
　すると、わたしの耳元に近づいてきて……。
「……ヤキモチ、かな」
　誰にも聞こえないように、わたしだけに聞こえる声の大きさで囁いた。
「ヤキモチ……？」
「そう。幼なじみくんばっかり、美依ちゃんのこと独占してるから」
　フッと笑ったと思ったら。
「あ、でも今は俺よりも幼なじみくんのほうが妬いてるかもね」
「え……？」
　教室の中である一点を指さしていた。
「たぶん、俺と美依ちゃんが話してるのが気に入らないん

だろうね」
　青井くんが指さす先にいたのは、頬杖をつきながらふてくされた顔でこちらを見ている知紘の姿。
　明らかにこちらを睨んでいる。
　そんなに怖い顔しなくても……。
「美依ちゃん？」
　青井くんの問いかけを無視して、知紘の席に近づく。
「……何？」
　知紘の席の前に来て立ち止まったら、不機嫌そうな声を出してわたしのほうから顔を背けた。
「なんでそんなに怒ってるの……？」
「……別に怒ってないし」
「嘘つき。さっきこっち睨んでた」
「はぁ……」
「何そのため息……っ」
　そんなあからさまに面倒くさそうに、ため息つかなくてもいいじゃん……。
「……美依にとって僕ってなに？」
　ははっと、力なく笑った知紘を見て、胸がギュッと苦しくなった。
　どうして、そんな顔するの……？
　どうして、そんなこと聞くの……？
　いつもなら、お互い考えてることはほとんどわかるのに。
　幼なじみだから……誰よりも近くにいて、特別な存在なのに……。

グッと下唇を噛みしめて、今にも溢れそうな涙を何とかこらえた。
　そんなわたしを見て知紘は。
「……泣くとかずるい」
　そう言いながら、優しく指で涙を拭ってくれる。
　ほら、またさ……。
　こうやって触れられると、胸がザワザワする。
　こんなに知紘を意識する日が来るなんて、想像していなかった。
「泣いて、ない……もん……」
「そんな涙ためてるのに？」
　どうして、こんな風に強がっちゃうんだろう。
「知紘が怒ってる……から」
「別に怒ってるわけじゃない。ただ……」
　一瞬顔をしかめて、言いかけてやめた。
　いつもなら、そんなに気に留めないのに、今は気になってしまって。
「ただ、何……？」
　ジーッと知紘を見つめる。
　すると、「あぁ、ほんとかっこ悪い……」ってボソッとつぶやきながら、頭をガシガシとかいていた。
「ちひろ……？」
「……妬いてるのわかんない？」
「…………」
「鈍感すぎ。頼むから少しは自分の可愛さ自覚して……」

そう言いながら席から立ち上がりコツンッと、わたしの肩に知紘のおでこが乗っかった。
「……どーしたら僕のことだけ見てくれる？」
「っ……」
　知紘の言葉に胸が騒ぐのは……。
　確実にわたしが知紘を幼なじみ以上の相手として見ているから……だ。

Chapter.III

2人の王子様。

　突然ですが、今わたしの目の前には美味しそうなブルーベリーソースがかかったレアチーズケーキがあります。
　大好きなミルクティーもセットで。
　テーブルの向こう側には、ブラックコーヒーが1つ。
　そして、目の前にはいつも爽やかな笑顔の青井くん。
　さて、なぜこんな状況になっているかというと……。

　――遡ること約1時間。
　いつも通り、帰る準備をしていた時だった。
　わたしの席の前に誰かの気配を感じた。
　てっきり知紘だと思い、「あ、知紘ちょっと待って……」
と、カバンの中に向けていた視線を上げる。
「俺だよ、美依ちゃん」
「……!?　あ、青井くん!」
　なんとそこには、知紘ではなく青井くんの姿。
　放課後わたしのところに来るのは知紘くらいしかいないから、てっきり知紘だと思って口走ってしまった。
「小波くんと間違えられたのはショックだなー」
「ご、ごめんね!!」
「せっかく美依ちゃんをデートに誘いに来たのに」
「でーと……?」
「そ、デート」

「……で、デート!?」
　いや、わたしデートって単語に異常に反応しすぎじゃないか!?
　自分でも今のリアクションは、やりすぎだって心の中で思った。
　それは青井くんも同じだったみたい。
「ふっ、そんな驚く?」
　わたしのリアクションに笑いが止まらない様子。
「お、おおお、驚くよ!!」
　って、動揺しすぎだ、わたし！"お"の数多すぎだし。
　落ち着け、自分!!
「まあ、驚いてるところ悪いんだけどさ、あんまり時間もないから早く行こっか」
「え、ちょっ」
　まだ、状況が理解できていないのに……。
　青井くんはわたしの手を引いて、「幼なじみくんが邪魔しに来ないうちにね」と、教室をあとにした。
　青井くんに手を引かれて駅に向かい、電車に乗った。
　行き先は教えてくれないまま。
　どこ行くの？って聞いても「内緒」の一点張り。
　そして、学校から出てからもずっと、なぜか手を繋いだまま放してくれない。
　電車に揺られながら、隣の青井くんに視線を向ける。
「どうかした？」
「んえ、あっ、えっと……」

すぐさま視線に気づかれて、バチッと目が合って、あたふたしてしまった。
　それと同時に、さっきまで繋いでいただけだったのに、スッと指を絡めてきた。
「っ!?」
「こーゆー繋ぎ方のほうが、恋人っぽく見えたりして」
　ニヤッと、いつもは見せない意地悪な表情をして、わたしの反応を楽しんでいる。
「あれ、嫌がらないんだ？」
　そんなことを聞いてくる。
「あ、でも顔が赤いってことは意識してくれてるってことかな？」
「……っ」
　最近ますます青井くんのペースに巻き込まれているような気がする……。

　30分くらい電車に揺られて目的の駅で降り、歩くこと数分。
　着いた場所はとても意外な場所だった。
　目の前には、外観が白でとても可愛らしい建物。テラスもあり、お茶を飲めるようなスペースになっている。
「こ、ここは？」
「入ろっか」
　頭にはてなマークをたくさん浮かべたまま、青井くんに手を引かれてお店の中へ。

大きな扉は、まるでどこかのお城の扉みたい。
　扉を開けるとカランコロンッと音が鳴って、中に足を踏み入れると、ふわっと甘い匂いに包まれた。
「いらっしゃいませ！　２名様でよろしいですかっ？」
「はい、２人で」
　目の前の店員さんも、おとぎ話の世界から飛び出してきたみたいな格好。
　な、なんだ、ここは。
　１人、この空間についていけていない中、店員さんがわたしたちをジーッと見つめる。
「もしかして、カップルさんですか？」
　その発言にギョッと、目が飛び出るような顔をして驚くわたし。
「そう見えます？」
　そんなわたしとは反対に、余裕な笑みを浮かべてスマートに対応する青井くん。
「じつは今キャンペーン中で、カップルでご来店いただいた場合、限定のケーキセットをサービスで提供させていただいてるんです。いかがですか？」
　限定のケーキセット……!!　うっ、た、食べたい！
　けど、カップル限定かぁ……。
　残念ながら、わたしと青井くんはカップルじゃなくて、ただのクラスメイトだもんなぁ。
「へー、じゃそれお願いします」
　え、待ってよ青井くん。

なにさらっとお願いしますって言っちゃってるの？
「では、カップルであることを何か証明していただけますか？」
　ちょ、ちょっと待ったぁ!!
　なんか勝手に話進んでるけど!?
「だって、美依ちゃん？」
　とびっきりの笑顔で青井くんがこちらを向いている。
　いやいや!!
　『だって』じゃないでしょ!?
　それに、今そういう顔するの間違ってるよ!?
　そもそもカップルでもないわたしたちが、どうやってカップルってこと証明するの!?
　すると、わたしの耳元でボソッと。
「限定のケーキセット、食べたくないの？」
　うっ……そりゃ食べたいけども。
　どうやってこの場を乗りきればいいの？
　ほら、店員さん不思議そうな顔してこっち見てるし！
「限定だよ、限定」
　なぜ、人は限定という言葉に弱いのだ……！
　心がグラグラ揺れる。
「で、でもカップルって……」
「大丈夫、こーすれば」
　耳元から離れたと思ったら、チュッ……と、軽くリップ音が鳴って、頬に柔らかいものが触れた。
「っ!?」

お手数ですが切手をおはりください。

郵便はがき

104-0031

東京都中央区京橋1-3-1
八重洲口大栄ビル7階

**スターツ出版（株） 書籍編集部
愛読者アンケート係**

(フリガナ)
氏　名

住　所　〒

TEL　　　　　　　　　　　携帯／PHS

E-Mailアドレス

年齢　　　　　　　　　　　性別

職業
1. 学生（小・中・高・大学(院)・専門学校）　　2. 会社員・公務員
3. 会社・団体役員　　4. パート・アルバイト　　5. 自営業
6. 自由業（　　　　　　　　　　　　　　　　）　7. 主婦　　8. 無職
9. その他（　　　　　　　　　　　　　　　　　　　　　　　　　）

今後、小社から新刊等の各種ご案内やアンケートのお願いをお送りしてもよろしいですか？
1. はい　　2. いいえ　　3. すでに届いている

※お手数ですが裏面もご記入ください。

お客様の情報を統計調査データとして使用するために利用させていただきます。
また頂いた個人情報に弊社からのお知らせをお送りさせて頂く場合があります。
　　　　　個人情報保護管理責任者:スターツ出版株式会社 販売部 部長
　　　　　　　　　　　　　　　　　　　　連絡先:TEL 03-6202-0311

愛読者カード

お買い上げいただき、ありがとうございました！
今後の編集の参考にさせていただきますので、
下記の設問にお答えいただければ幸いです。よろしくお願いいたします。

本書のタイトル(　　　　　　　　　　　　　　　　　　　　　　　　)

ご購入の理由は？　1.内容に興味がある　2.タイトルにひかれた　3.カバー(装丁)が好き　4.帯(表紙に巻いてある言葉)にひかれた　5.本の巻末広告を見て　6.ケータイ小説サイト「野いちご」を見て　7.友達からの口コミ　8.雑誌・紹介記事をみて　9.本でしか読めない番外編や追加エピソードがある　10.著者のファンだから　11.あらすじを見て　12.その他(　　　　　　　　　　　　　　　　　　　　　　)

本書を読んだ感想は？　1.とても満足　2.満足　3.ふつう　4.不満

本書の作品をケータイ小説サイト「野いちご」で読んだことがありますか？
1.読んだ　2.途中まで読んだ　3.読んだことがない　4.「野いちご」を知らない

上の質問で、1または2と答えた人に質問です。「野いちご」で読んだことのある作品を、本でもご購入された理由は？　1.また読み返したいから　2.いつでも読めるように手元においておきたいから　3.カバー(装丁)が良かったから　4.著者のファンだから　5.その他(　　　　　　　　　　　　　　　　　　　　　　　　　　　　)

1カ月に何冊くらいケータイ小説を本で買いますか？　1.1～2冊買う　2.3冊以上買う　3.不定期で時々買う　4.昔はよく買っていたが今はめったに買わない　5.今回はじめて買った

本を選ぶときに参考にするものは？　1.友達からの口コミ　2.書店で見て　3.ホームページ　4.雑誌　5.テレビ　6.その他(　　　　　　　　　　　　　　　　　　　)

スマホ、ケータイは持ってますか？
1.スマホを持っている　2.ガラケーを持っている　3.持っていない

学校で朝読書の時間はありますか？　1.ある　2.今年からなくなった　3.昔はあった　4.ない

ご意見・ご感想をお聞かせください。

文庫化希望の作品があったら教えて下さい。

学校や生活の中で、興味関心のあること、悩みごとなどあれば、教えてください。

いただいたご意見を本の帯または新聞・雑誌・インターネット等の広告に使用させていただいてもよろしいですか？　1.よい　2.匿名ならOK　3.不可

ご協力、ありがとうございました！

「はーい！　ありがとうございます！　では２名様ご案内いたします」
　い、今のは完全に不意打ちだ……っ。
　な、何が大丈夫なの？　全然大丈夫じゃないよ……っ！

　こうして、現在に至るわけですよ。
「どう？　美味しい？」
　フォークをくわえながら、ジーッと青井くんを見つめる。
「そんな顔しないで。そんなに嫌だった？　俺とのキス」
　あんなことがさらっとできてしまう青井くんは、きっと女の子に慣れているに違いない。
　反対にわたしは全然慣れていないせいで、反応が初めてチューした中学生みたい。軽くほっぺにされただけなのに。
　なんでこんなに余裕ないかなぁ……。
　目の前のミルクティーをごくごく飲んでいると。
「ほんとはほっぺじゃなくて、口にしたかったけど」
「ぶっ!!」
　おもいっきり取り乱して、ミルクティーを噴き出しそうになった。
「ほんといちいち反応が面白いね」
「か、からかってるの？」
「ううん、今のは俺の本音ってやつ」
　そんなストレートに言われても。
　返しに困って、ごまかすようにぐびぐびミルクティーを飲み干した。

──ブーブッ……ブーブッ……。
　そこでスカートのポケットに入れていたスマホが震えていることに気がついた。
　ん？　電話かな？　誰からだろう。
　ポケットから出したところで、電話が切れてしまった。
　ホームの画面を開いてみると……。
「な、何これ‼」
　思わず声を出してしまうほどの着信の数。
　それも全部同じ人から。
　おまけに、メッセージの通知もすごいことになっていた。
　こんなになるまで気づかなかったわたしって。
　そして、またスマホが震えた。
　画面に表示されている名前は……。
「もしかしてその電話、幼なじみくんから？」
「へ!?」
　そう、その通り。さっきのすごい着信とメッセージはすべて知紘から。
　なんでこんなに。
　……あっ、しまった。いつも先に帰る時は、必ず連絡してって言われてるんだった。
　前に華と一緒に放課後出かけて連絡するのを忘れた時、すごく心配かけちゃったんだっけ。
　その時、ガラにもなくわたしのことを必死に探していたらしい。
　帰ってきた時、玄関先の扉の前に座り込んでいて、わた

しを見つけた途端、ホッとしたような顔を見せたかと思ったらひどく怒られた。
　だけどその時の知紘は、本当に心配してくれていたみたいで。
　いつも、息を切らすくらい走ることなんてないのに。その時は肩で息をするくらいで、抱きしめられた時の身体は少し汗ばんでいた。
『美依がいなくなったって想像しただけで死ぬかと思った……』なんて、大げさなこと言って。
　だけど、知紘がこんなに必死になるのにはちゃんとした理由がある。

　それはわたしと知紘が中学生だった頃。
　知紘がサッカー部の助っ人として無理やり連れていかれて、１人で帰ることになった日。
　この頃は今みたいに、毎日一緒に登下校はしていなかったから、１人で帰ることにそんなに抵抗はなかった。
　今は家から高校まで近いけれど、中学校はわりと遠くて、通学路も人通りが少ないところだった。
　だから、まっすぐ家に帰っていればよかったのに、その日は近くのショッピングモールで買い物に夢中になっていて、気づいたら帰る時間がかなり遅くなってしまった。
　ショッピングモール付近は人通りが多いけれど、少し離れるとどんどん人が少なくなっていった。
　辺りはすでに暗くなっていたけど、その頃はまだスマホ

なんか持っていなくて迎えも呼べず、1人で帰るしかなかった。

そして、その日はとても運が悪かった。

人通りが全くないところで、1台の黒いワンボックスカーが、わたしの横を通り過ぎていった。

そう、通り過ぎていっただけならよかったのに……。

その車は、わたしが歩く少し前で止まった。

中から男の人が2人出てきて、突然車の中に連れ込まれそうになった。

必死に抵抗しようとしても、大人の男の人たちの力に敵うわけなくて。

誰か助けを呼ぼうにも恐怖で声は出ないし、周りに人がいる気配なんて全然なくて。

自分がこんな目に遭(あ)うなんて、想像もしたことなかった。

こんなことになるなら、早く家に帰っておけばよかった。後悔先に立たずというやつだ。

もうダメだって諦めかけたその時、一瞬の隙を見つけて逃げ出した。

だけど、恐怖のあまり足がガクガク震えて、逃げようと必死に走っても力が入らない。

そしてもちろん、逃げたわたしを2人組は追いかけてくるわけで。

必死にどこか隠れる場所を探していた時、突然路地の裏から手が伸びてきて、身体ごと引き込まれた。

一瞬、捕(つか)まったのかと思った。

だけど、抱きしめられる感覚でわかった……。
『よかった……無事で……』
　その声を聞いて、すごく安堵したのを今でも覚えている。
　だってそれはとても温かくて、恐怖でガクガクしていた足も気づけば震えが止まっていて……。
　忘れない……あの時の知紘の温もりだけは……。
　その後、知紘はわたしを家まで送り届けてくれた。
　それからだ。知紘が心配性になって、なるべく一緒に登下校をしてくれるようになったのは。
　ちょっと過保護すぎるところもあるけど。
　もし、１人で帰るようなことがあれば、必ず連絡だけはしてって、耳にタコができるくらい言われていたのに。
　それをすっかり忘れていた。
　また知紘に心配をかけてしまう。
　それだけは避けたい。
「み……いちゃ……」
　だけど、もうすでにすごい数の着信と通知。
　しかも一緒にいる相手が青井くんだなんて言ったら、また機嫌を損ねてしまう予感。
「美依ちゃん」
「あ……」
　自分の世界に入り込んでしまい、青井くんの声でふと我に返った。
「切れちゃったけど」
　やってしまった。昔のことを思い出してる間もスマホは

鳴っていたみたいで。
「ちょ、ちょっと連絡してく——」
　立ち上がろうと、テーブルについた手に青井くんの手が重なった。
「今美依ちゃんと一緒にいるのは俺なのに。そんなに小波くんのことが気になる……？」
　青井くんの表情が曇ったのがわかる。
　この手を振りほどきたいのに。
　それをさせないような表情をするなんてずるい……。
「……今だけは俺を見て」
　まっすぐな視線と、グッと握られた手から伝わってくる真剣さ。
　それを振りほどくことができなくて、そのまま立ち上がることを諦めた。
　大丈夫、連絡しなくたって。もう高校生だもん。
　きっと家に帰ってみれば、お腹すいたって不機嫌になっているだけ。
　だから、今日は帰ったら知紘の好きなものを作ってあげよう。そうしたらきっと、いつもみたいに機嫌を直してくれるはずだから。
　それに昔みたいに、そんな必死になることなんてないだろうし。
　そう言い聞かせて。
　スマホのホーム画面を真っ暗に戻した。

「んー、美味しかった！　ありがとう青井くん。こんな素敵なところに連れてきてくれて」
　少し遅い時間になって、わたしたちは並んで駅のホームで電車を待つ。周りはとても静かで、電車が通らないとシーンとしている。
「よかったよ、美依ちゃんが喜んでくれて」
「こちらこそほんとにありがとう。久しぶりにお出かけできて楽しかった」
「そっか。また俺でよかったら一緒に行くよ」
「え、いいよいいよ！　ほら、青井くん生徒会も忙しいだろうし！　今度は知紘と一緒に来るから……」
　あっ、わたしのバカ。
　ふと、出してしまった知紘の名前。
　さっきまで笑顔だった青井くんの表情が一気に険しくなった。
　その険しい表情のままわたしを見つめて。
「……やっぱ美依ちゃんにとって、小波くんはそんなに特別？」
　グッとわたしの身体を抱き寄せた。
「あ、青井くん……？」
　２人っきり……。
　誰もいないこの空気が、妙に緊張感を高める。
　思考が追いつかない。
「……ねぇ、美依ちゃん」
「な、何？」

少し身体を離して両肩に青井くんの手が乗せられた。
　スゥッと深呼吸をして、下を向いている青井くん。
「……１つ、だけ」
「え？」
　ボソッとつぶやいた声を拾うことができなかった。
　そのまま駅のアナウンスがホームに流れ、電車の光がこちらに近づいてくる。
「美依ちゃん……」
「え、青井くん、なに言ってるか聞こえ──」
　アナウンスが聞こえてからすぐ。
　電車がホームを通過する前。
　大きな影が、わたしの目の前に覆いかぶさって……。
　電車の音でかき消されそうになる寸前……。
「──好きだよ、美依ちゃん……」
　電車が通過したと同時に、２人の距離がゼロになった。
　少し……ほんの少しだけ触れた。
　離れた後、何がどうなっているのか、思考は完全に停止状態。
　ま、待って……。
　今たしかに……。
「……ごめん、こんなことして」
　触れた……。唇に残る熱が冷めない。
「な、なんでこんなこと……っ」
　どうして青井くんがこんなことするの……？
　頭の中はごちゃごちゃ……。だけどこんなこと青井くん

にはされたくないということだけは、はっきりとわかった。
　唇にキスするのは……本当に好きな人じゃないと嫌だ。
　だから、自然と涙が頬をつたう。
　さっきのそれをなかったことにしたくて、必死に唇をこする。
　なんで……なんで……っ。
「そんなことしたら唇が切れちゃう……」
「……なんで、なんでこんなことするの……っ！」
　止めようとする青井くんの手を振りきって、残った感触を必死に消そうとする。
「好きだから……美依ちゃんのことが本気で好きだから」
　少し大きめの声で……だけど、最後のほうは小さく弱々しく聞こえた。
「やだ……っ、放して……！」
「放さないって言ったら？」
　どうして青井くんがそんな顔するの……っ。
　なんで、そんなつらそうな苦しそうな顔してるの……。
「……こうでもしないと俺のこと意識してくれないでしょ？」
「だ、だからってなんでキス……なんか……っ」
　ポロポロと涙が頬をつたって、雫がポツポツと下に落ちていく。
　その時、知紘の顔が浮かんだ……。
　無性に会いたくなった……。
　名前を呼んでほしくなった……。

抱きしめてほしくなった……。
「ごめん……。頼むからそんなに泣かないで」
　　　違う……。わたしが今抱きしめてほしいのはこの人じゃないって。
　　　自分の中で叫んでいる。
「俺の気持ちが本気だってことわかってほしかったんだ」
　　　伝わってる……この表情は本気なんだって。
　　　だけど青井くんのことを、そんな対象で見たことがない。
　　　だから、伝えることは１つしかない。
「わたし青井くんの気持ちには応えられ――」
「まだ、返事は聞かない」
　　　話している途中で青井くんの声が遮った。それ以上しゃべらせないように、わたしの唇に青井くんの人差し指が軽く触れる。
「美依ちゃんの気持ちが俺に向くまで待ってるから」
「っ……」
　　　……そんな瞳を向けられたら、何も言い返すことなんかできない……。
　　　そのまま来た電車に乗り、お互い無言のまま目的の駅に着く。
「じゃあ……わたし帰るね」
　　　先に口を開き、青井くんに背を向けて帰ろうとした。
「もう遅いから家まで送るよ」
「い、いいよ……大丈夫」
「いいから、行くよ」

断るわたしを強引に押しきって、スタスタと歩いていく。
　仕方なくその後についていく。
　隣で並ぶよりは、前後で歩くほうが何も話さなくていいから、気まずくならなくていいかもしれない。
　そんなことを考えてる間に、目の前にマンションが見えてきた。
「駅からも近いね」
「う、うん……」
　ぎこちない……。
　顔を見ることすらできない。
「じゃあ、俺帰るね」
「う……ん、送ってくれてありがとう」
　わたしの横をスッと通って、さっき来た道を戻っていく青井くんの背中を振り返って見つめ、マンションの中に入っていった。
　今日はいろいろあって疲れた。階段を上る気力すらなくて、エレベーターに乗ることを選んだ。
　２階だから着くのはあっという間。
　エレベーターが目的地に着いて扉が開いた。
　何も考えず、そのまま開いた扉から出ると……。
「嘘っ……なんで……」
　以前と全く同じ光景が、目に飛び込んできた。
　玄関先の扉の前でしゃがんだまま、わたしの姿を見るなり、ホッとしたような表情を見せた。
　何も言わずに思わず抱きしめた身体は、少し汗ばんでい

て、バクバクと聞こえてくる速い胸の鼓動。
　あの時と全く一緒……だ。
　この時すべてを察した。
　あぁ、またやってしまったと。
　心の中でぼやく自分がいる。
「……よかった、無事に帰ってきて」
「ち、ひろ……」
　震えてる……抱きしめる腕も声も。
　こんなにも、こんなにも心配をかけていたなんて。
「……教室行ったらいなくなってるし、先帰ったかと思ったら帰ってないし連絡取れないし。……ほんと心配した」
　わたしってなんてバカなんだろう。
　もう高校生なんだから、連絡しないくらい大丈夫だって。
　どうせ知紘のことだから、お腹すいたって不機嫌になっているだけだって勝手に決めつけて。
　違う……全然違う……。
　知紘は変わってない。
　何も変わってない。
　わたしのことをいつも一番に思ってくれて、大切にしてくれているのは今も昔も変わらない。
　それなのにわたしは軽い気持ちで……。
　知紘のことを全く考えずに行動していた自分が、本当にバカだったって思い知らされた。
「ご、ごめんっ……まさかこんなに心配してるとは思ってなくて」

「……心配しないわけない。僕にとって美依がどれだけ大切な存在かわかって言ってる？　このまま美依が見つからなかったらどうしようって、考えるだけで身体が震えた」

　こんなにも……わたしは大切にされてるんだ……。

「ご、ごめんね……っ」

　自分の考えが浅すぎたことに、涙が出てきた。

　あの時、ちゃんと知紘のことを考えていれば連絡できたはずなのに。

「……そんなに泣かないで。無事に帰ってきてくれたら僕はそれでいいから」

　そう言いながらわたしの頬に手をそえて、流れる涙を指で拭ってくれた。

　……だけど、わたしを見るなり、顔をしかめた。

「……これ、どーしたの」

　知紘の指がわたしの唇の端に触れた。

「……切れてるけど」

　すぐに心当たりが見つかった。

　あの時だ……。青井くんにキスされて、それをなかったことにしようとして。

　唇をおもいっきりこすった……。

　その時たぶん切れてしまったんだ。

　すぐさま知紘から距離を取って、口元を隠す。

　その行動は、あからさまに挙動不審。

「美依……？」

「あ、あれ……っ、なんで、切れちゃってるんだろう……」

こんなのごまかしにもならない。
　　　勘の鋭い知紘に隠せるわけがない。
　　　口元を隠す手を知紘がつかんで、ジッと見つめる。
　　　そして……。
「……もしかして、あいつになんかされた？」
　　　すぐに青井くんのことだって、勘づかれてしまう……。
「ち、違うの……っ、これは……」
　　　言い訳なんか思いつかない。先の言葉が見つからない。
「……連絡できなかったのはあいつと一緒だったから？」
　　　すべてが事実で否定できない。
　　　このまま、何も言わずにここから逃げたい……。
　　　こんな状況だっていうのに、自分に都合のいいことしか思い浮かばないなんて……。
「ははっ……なーんだそういうこと」
　　　力なく笑う知紘の姿を見て、胸が痛んだ。
　　　何より、手をつかむ力がグッと強くなったことで、知紘の怒りをかったのがわかる。
「必死に探してたのがバカみたいだね」
「っ、違うの……！」
「違うって何が？　僕が必死になってる間、美依はあいつと一緒に楽しくやってたわけでしょ？　……ほんとバカみたいで自分でも笑えてくる」
　　　あぁ、わたしはいったい何をしていたんだろう。
　　　自分が不甲斐なさすぎて、さらに涙が溢れてくる。
　　　こんなにも、わたしを想ってくれている人がそばにいる

のに。
　それなのに、わたしはその人にこんなことを言わせて、こんな表情をさせて。
　自分の考えはいつも浅はかで、気づいた時には取り返しのつかないことになってしまっている。
　そう、それが今まさに目の前で起こっている。
「……結局僕の気持ちは伝わらなかったんだ」
「っ、あの……連絡しなかったのはごめんなさい……っ。だけど、青井くんとは別に何も……っ」
　何もなかった、なんて言えるの……？
　何もなかった、で押し通せるの……？
　すべてが、そう簡単にはいかない……。
　崩れていく……崩れていく音がする。
「何もなかったって、はっきりその口で言ってみなよ」
「っ……」
　ほら、言わなきゃ……青井くんとは何もなかったって。
　今ならまだ間に合うのに。
「……言えないんだ。まあ、だいたい何があったかは想像できるけど」
　そう言いながら、わたしの唇に知紘の指が触れる。
　そして、自嘲的に笑いながら。
「……言いなよ、青井くんにキスされましたって」
　もう隠しきれない……。
　崩れる音がする……。
　知紘とわたしの関係が崩れる音が。

予感がする……。もう知紘はわたしから離れていってしまうんじゃないかって。
　今みたいに一緒にいられなくなるんじゃないかって。
「……隙だらけなんだよ」
　切なげな声で。
　歪めた表情の中に悲しげな瞳が見えて……。
　荒々しく、強引に唇を重ねてきた。
「や……めてっ……」
「そんな可愛い声あいつにも聞かせたの？」
　意識がボーッとし始める中で、見えた知紘は眉間にしわを寄せて険しい表情をしていた。
　息を吸う暇もないくらい荒いキスについていけない。
「……全部終わりだね」
　スッと唇が離れるとすぐにそんなことを言われた。
「お、終わり……って」
　まだ呼吸が整っていない中、問いかけると。
「もう美依のそばにはいられないってこと」
　どうして嫌な予感はこうも的中してしまうの……。
「な、なん……で」
　離れていく知紘の腕をつかむと、それは簡単に払われてしまって。
「もう美依に振り回されるのはごめんって言ってんの。人の気持ちも知らないまま、他の男に言い寄られて、おまけにキスされたとか……。結局、僕の気持ちは美依にとってはどうでもよかったんだって思い知らされたから」

「わ、わたし知紘の気持ち、ちゃんと考えて……っ」
「考えた結果がこれ？」
　もう、何を言っても言い訳にすらならない。
「美依にとってやっぱり僕は、ただの幼なじみでしかないんだね」
「ち、ちひ……」
「いろいろ疲れた、もう限界。やめた、もう全部やめた。美依のそばにいる自分が惨(みじ)めすぎて嫌になった」
　知紘の口から次々と容赦(ようしゃ)ない言葉を浴びせられる。
　まだ引き止められるはずなのに。
　それにきっと、ここで引き止めないと、もう二度と戻れないのに……。
「……もう美依はいらない」
　最も、言われたくなかった言葉が胸に刺さった……。
　こんなにも簡単に終わってしまうんだ……。
　ストンと、力なくその場にしゃがみ込んだ。
　じんわりと瞳が涙でいっぱいになって、ポタポタと大きな粒が下に落ちていく。
　そんなわたしの隣を通り抜けて、バタンッと閉まった扉。
　1人残されたわたしは、追いかけることも、すがることもできなかった。
　もう戻ってきてくれない。
　こんな結末を招いたのはすべて自分なのに。
　全身の力が抜けて、もうその場から動く気力なんてない。
　ただ、涙だけは止めどなく溢れてきて……。

その時、ガチャッと目の前の扉が開く音がして、顔を上げた。
　少し期待していた自分がいた。
　もしかしたら、わたしのことを心配して、さっき言ったことはなしにしようって言ってくれるんじゃないかって。
　戻ってきてくれたのかもしれないって。
「美依！　あなたそんなところで何してるの!?」
　そこには知紘ではなく、わたしのお母さんが驚いた顔をして立っていた。
　あぁ……もう戻れないんだ……。
　そばにいられないんだ……。
「うぅ……っやだよぉ……っ」
「ちょっと、いったいどうしたの!?　とりあえず中に入りなさい」
　お母さんに身体を持ち上げられても、力が入らなくて、支えてもらいながら、部屋の中に足を踏み入れるのがやっとだった。
　すぐさま玄関にぺたりと座り込む。
「こんな遅くまでどこに行ってたの？　心配してたのよ？」
「ごめん……なさ、い……っ」
「知紘くんにはちゃんと会ってお礼言った？」
　どうして、お母さんの口から知紘の名前が……？
「知紘くんに会ったでしょ？　美依のこと必死に探してたのよ。まだ帰ってきてないってわかった途端、顔色変えて飛び出していって」

「っ……」
「何度もお母さんのケータイに電話がかかってきたのよ？ 美依は帰ってきましたか、連絡はありましたかって。それからずっと、あなたが行きそうなところを探し回ってたのよ？」
　あぁ……わたしは何をやっていたんだろう……。
　こんなにも、こんなにも知紘はわたしのために……っ。
「あなた、本当に知紘くんに大切に想われてるのね。お母さんびっくり」
「もう、ちひろはそばに……いてくれないの……っ」
「え？」
「わたしが……全部わたしが悪いの……っ」
　そのままお母さんの前で子供のように泣いた。
　そんなわたしを見て、何があったのかわからないお母さんは戸惑っていた。
　そして、その日は泣きながら考えるのは知紘のことばかりで、気づいたら眠りに落ちていた。

取り戻せない距離と本気の好き。

　——翌朝。
　夜に散々泣いたせいで、まぶたが腫れて、顔もむくんでしまっている。
　鏡の前に映る自分は、なんて情けない顔をしているんだろう……。
　スッとブラウスに腕を通し、いつもより早く、身支度を整えた。
「あら、おはよう美依。今日は早いのね」
　リビングにはもうお母さんがいて、ちょうど朝ごはんの準備をしていた。
　テーブルには3人家族なのに2人分の朝ごはん。
　そっか、わたしいつも知紘の家で朝ごはんを食べていたから用意してなかったんだ……。
　ほとんどそう……いつもわたしが知紘のごはんを作るついでに一緒に食べるのが、もはや当たり前のことになっていた。
「今日は知紘くんの家に行かなくていいの？」
　お母さんは昨日、泣いているわたしに何があったのか深く聞いてこなかった。
　だけど、たぶんわかっている……。
　わたしと知紘の間で何かあったことくらい。
「朝ごはん食べる？　今すぐ美依の分も用意するわよ？」

「うん……」
　家族3人そろっての朝ごはん。
　あとから起きてきたお父さんは、わたしがいることに驚き、喜んでいた。
　久しぶりにわたしと一緒に朝ごはんを食べられるのが嬉しかったみたい。
　リビングにあるテレビからは、朝の情報番組が流れていて、お母さんが作った朝ごはんを口に運ぶ。
　しっかりと栄養バランスのとれた朝ごはんは久しぶりだった。
　いつも知紘がグダグダしてるから朝ごはんを食べられなかったり、食べられたとしても簡単なものだったり。
　バタバタして、テレビなんて見ている暇もなかった。
　こんなゆっくりと朝ごはんを食べられたのは久しぶり。
　だけど、なんだか落ち着かない……。
　あんなに騒がしかった朝が、知紘と一緒じゃないだけでこんなにも静かになってしまうんだ。
　美味しいはずの目の前の朝ごはんも、なぜかあまり味を感じない……。
　ほんとはこんな風に朝を過ごすのが理想だった。
　時間に余裕を持って、ゆったりとごはんを食べる。
　そんな朝が好きだったのに。
　いつの間にか、知紘と騒がしくしている朝のほうが好きになっていた。
　あぁ……ダメだ、思い出したらまた泣きそうになる。

「ごちそうさま……」
　まだ少し残っていたけど、席を立って玄関に向かった。
　時計を見ると、登校するにはまだ早い時間。こんなに早く家を出る日が来るなんて思ってもいなかった。
　玄関の扉を開け、エレベーターに向けて足を動かす。
　だけど……。
　一瞬、足を止めて振り返ってしまう。
　ちゃんと朝起きてる……？
　シャツの場所わかる……？
　朝ごはん食べてる……？
　お昼はどうするの……？
　立ち止まって、考えることはそんなことばかり。
　もう、はっきり言われたじゃん……。
　知紘にとって、わたしはもういらない存在だって……。
　そんなこと考えたって無駄なのに。
　どんなに時間がなくても、どんなに遅刻しそうでも、必ず知紘の家に行っていたのに。
　高校生になって初めて、わたしは1人で学校に向けて歩き出した。

　学校までいつもあっという間なのに、今日はとても長く感じた。
　ただ、まっすぐの道なのに。
　その一直線が、今日は永遠に続くような気がした。
　そして、いつもこんなに早く登校したことがないから知

らなかった。
　門をくぐり抜けようとしたら、生徒会の人たちと先生が立って挨拶をしていた。
　いつもわたしが来る時間は遅すぎるから、門には誰も立っていなかった。
　だけど、これが普通なんだ。
　そのまま、通り抜けようとしたら。
「……美依ちゃん、おはよ」
　その声にハッとした。
　そしてそれと同時に、さっきまでぼけっとしていた頭が働く。
　この声の主は……間違いなく青井くんだ……。
　立ち止まって挨拶を返すべきか。
　それとも、このまま気づかないふりをして通り過ぎるか。
　そんなことを考えている間にも足は止まっていて。
「あ……お、おはよ……う」
　目も合わせられず、不自然に返してしまった。
　だって、どんな顔して話せばいいの……？
　いつも通りに……接することができたらいいのに。
　わたしにはそれができない。
　そんなわたしの態度に気づいた青井くんは。
「あのさ、ちょっと時間あるかな？」
　とても気まずい空気の中でチラッと見えた青井くんは、ぎこちない笑みを浮かべていた。
　黙って首を縦に振って、青井くんの後について歩いて

いった。
　門から少し離れて、人通りが少ない場所に２人きり。
　今、目の前に見えるのは青井くんの大きな背中。
　どんな顔をしているのか見えない。
　何を言われるのか、緊張と不安でカバンを握る手の力が強くなる。
　そして、こちらを振り返ったと思ったら、驚きの光景が目に飛び込んできた。
「……昨日はほんとにごめん」
　謝罪の言葉と一緒に、青井くんが頭を下げていた。
「美依ちゃんの気持ち考えずにあんなことしてごめん……。自分のことしか考えてなくて、先走ってあんなことしちゃって……」
　頭を下げたまま上げようとしてくれず、謝ってばかり。いつもより声が弱々しくて、本当に申し訳なかったって気持ちが伝わってくる。
「美依ちゃんが少しでも俺のこと意識してくれるなら、なんてバカなこと考えてた。だけど違うよね。昨日の俺ほんとどうかしてた。美依ちゃんのこと傷つけて……」
「そ、そんな……っ、お願いだから顔上げて……？」
　そんな風に謝られたら返す言葉が見つからない。
　昨日のわたしだったらきっと、耐えられなくてこの場から逃げていた。
　だけど、こんな青井くん見たら、そんなことできるわけないよ……。

わたしが顔を上げてと言っても、ずっと下げたまま。
「青井く──」
　なんとか顔を上げてもらおうと、青井くんの肩に触れた。
　その触れた手をつかまれたと思ったら、優しく引かれて。
「……このまま聞いてほしい」
　大きな身体に包み込まれた。
「あ、青井くん……」
「ごめん。今だけ……このまま聞いて」
　耳元で聞こえる声……それだけでわかってしまう。
　どんな顔をしているのか、どんな気持ちでわたしにこんなことを言ってるのか。
　きっと、無理をさせてしまっているんだ。
　だから、わたしは何も言わずただ無言でうなずいた。
「少し昔の話してもいい……？」
「え？」
「昔っていっても１年くらい前の話なんだけど」
「う、うん」
　わたしが返事をすると、スゥ……とひと呼吸置いたのがわかる。
「美依ちゃんさ、前に街中で泣いてる小さい女の子を助けたの覚えてない？」
　突然予想外のことを聞かれて拍子抜けしたと同時に、頭の中でそんなことあったっけ？って思い出してみる。
　だけど、いまいちピンとこない。
　そんなわたしをよそに、青井くんは話し始めた。

「街中で1人さ、くまのぬいぐるみを持って泣いてた子なんだけど」
　街中で、くまのぬいぐるみを持った小さな女の子……。
「あ……そういえば」
　ふと、記憶の中に、ある1人の女の子が浮かんできた。

　——1年前。
　そう、それは華と駅で待ち合わせをしていた日。
　駅に向かう前に少し時間があったから、街中をぶらっと1人で歩いていた時のことだった。
　わたしの目の前に現れた小さな小さな女の子。
　くまのぬいぐるみをギュッと抱きかかえながら、肩をヒクヒク震わせて泣いていた。
　周りに保護者の姿は見当たらなくて、こんな街中で小さな子が1人で泣いている様子から、すぐに迷子だってことに気づいた。
　周りはその子よりずっと大きな大人たちがたくさん。
　そんな中で1人怯えながら泣いている姿を見て、声をかけずにはいられなかった。
「どうしたの？」
　目線をその子と同じくらいに合わせて、怖がらせないように、いつもよりゆっくり話すようにして声をかけた。
　わたしが話しかけると、ピクッと小さな身体を震わせて、ギュッとくまのぬいぐるみを抱きしめた。
　子供の警戒心を解くのはなかなか難しい。

わたし自身1人っ子で妹や弟がいないから、小さい子の扱いに慣れていない。
「あっ、そのくまちゃん可愛いね！」
　わからないなりに、必死に話しかける。もっと他に話すことがあっただろうに。
　だけど、この『くまちゃん可愛いね』が意外とうけたらしく、少しだけ笑顔を見せて、名前を教えてくれた。
「さくら……っていうの！」
　この時、女の子の名前がさくらちゃんだと思っていたんだけど、じつはくまの名前がさくらちゃんってことを後で知ったんだっけ。
　とりあえず話を聞こうと思って近くのカフェに連れて行った。
「なに飲みたい？」
「リンゴジュース！」
　どうやら、くまちゃんのおかげで心を開いてくれたらしく、カフェに入ってからニコニコ笑ってくれた。
　数分すると、注文したリンゴジュースが運ばれてきた。
　大きなグラスに入ったリンゴジュースを、小さな手で持って飲む姿がなんとも可愛い。
「さくらちゃんは今日誰と一緒に来たのかな？」
「？　さくらは千夏と一緒に来たんだよ？」
「え？」
　ここで、くまちゃんの名前がさくらちゃんで、女の子の名前が千夏ちゃんってことがわかった。

それからいろいろ話をしていくうちに、千夏ちゃんはお兄さんと一緒に買い物に来て、はぐれてしまったということもわかった。
「じゃあ、お姉ちゃんと一緒にお兄ちゃんを探しに行こっか？」
　華との約束の時間は過ぎちゃったけど、千夏ちゃんのお兄さんを見つけるのを優先しないとって考えてそう言ってみると、何やらジーッとわたしを見つめる千夏ちゃん。
「それ、欲しいっ!!」
「え？」
　どうやら、千夏ちゃんの興味は別のところに向いていたみたいで。
「お花お花!!」
「あ、これかな？」
　千夏ちゃんが欲しいと言っていたお花っていうのは、その日わたしが髪に留めていた白い小さな花のピンだった。
「かわいい！」
「よしっ、じゃあこれ千夏ちゃんにあげる」
　自分の髪からピンを取って、千夏ちゃんの髪に留めてあげた。
「うわぁ、ありがとう！」
　とても可愛らしい笑顔を向けてくれて、こっちまで幸せな気分になれた。
　小さい子の笑顔ってすごく癒(いや)されるなぁ、なんてことを考えていた。

「よしっ、じゃあ千夏ちゃんのお兄ちゃんを探しに——」
　あんまり長い間連れていると、千夏ちゃんのお兄さんが心配すると思って、探しに行こうと提案した時。
「あー！　おにいちゃん!!」
　カフェの窓の外を見ながら千夏ちゃんが声をあげ、そのまま走ってカフェから出ていってしまった。
「あっ、千夏ちゃん待って！」
　ちゃんと送り届けようと思ったのに、お兄さんを見つけた千夏ちゃんにわたしの声は届いていなくて。
　急いで会計を済ませてカフェの外に出たけど、もう千夏ちゃんの姿は見つからなかった。
　無事にお兄さんのところに行けたのかなって少し心配しながら、待たせてしまっていた華のところに行ったんだっけ……。
　1年前のことだけど、意外と鮮明(せんめい)に覚えていた。

「じつは、その子、俺の妹なんだ」
「え……えぇ!?」
　え、じゃあ千夏ちゃんが言ってたお兄ちゃんって青井くんのことだったの？
「あの時は千夏のこと助けてくれてありがとう。ほんとならすぐにお礼を言いたかったんだけど、ピンのお姉ちゃんが助けてくれたとしか言わなくて」
　まさかそんなところで、青井くんの妹ちゃんに出会っていたとは驚きだ。

あ、でも千夏ちゃんの笑った顔って、青井くんによく似てるかも。
「ううん、全然大丈夫だよ。ほんとはちゃんと送り届けたかったんだけど、青井くんのこと見つけて飛び出していっちゃって」
　何はともあれ、千夏ちゃんが無事に青井くんの元に戻れてよかったと、今さらながらホッとした。
「大丈夫じゃなかったよね」
「え、どうして？」
「笠原さんとの約束あったのに、千夏の相手してたから遅れたでしょ？　たまたま見かけたんだ、時間に遅れて怒られてる美依ちゃんの姿」
　まさかそんなところを見られていたとは……。
　たしかに、華との約束の時間から1時間くらい遅れてしまって、かなり怒られたんだよね。
　連絡もしていなかったから。
「その後、千夏のヤツがたまたま美依ちゃんを見つけてさ、あのお姉ちゃんがピンのお姉ちゃんだよって俺に教えてくれて」
　なんとも恥ずかしい……。
　華に怒られているところを見られていたなんて。
「あの時ほんとは、すぐにお礼を言いに行くべきだったんだけどさ……」
　さっきまで淡々と話していたのに、黙り込んでしまった。
　そのまま抱きしめる力が弱くなって、身体が放された。

うーん、と少し考える表情がうかがえたと思ったら、頭をくしゃくしゃとかきながら。
「……あの時の美依ちゃん、遅れた原因は自分じゃなかったのに言い訳しなかったよね」
「う、うん。だって遅れちゃったのはわたしが悪いわけだし……」
　実際１時間も待たせてしまったんだから。
「そこはさ……普通言い訳とかするものなんだよ」
「え、そうなのかな？」
　わたしがバカだから、そこまでの考えに至らなかっただけなのかな？
「だって美依ちゃんは何も悪くないんだよ。千夏のことがなかったら、遅れることなかったでしょ？」
「そ、それは……」
「なのに美依ちゃんは千夏のことを言い訳にしなかった。普通は遅刻したら何かしら言い訳するのに……。美依ちゃんは素直な子なんだなってわかってさ」
　グッと青井くんの瞳がわたしをしっかりととらえて。
「……ほんとガラにもないんだけどさ」
「？」
　少し照れくさそうにしながら。
　だけど、わたしから視線をそらそうとはせず、また、頭をくしゃくしゃしながら。
「……だったんだ」
「え？」

語尾のほうしか聞こえなくて、肝心なところが聞き取れなかった。
　もう一度しっかり青井くんの顔を見て驚いた。
　いつも爽やかな笑顔で、表情を崩すことなんてない人が。
「……一目惚れだったんだ」
　顔を赤くして、そんなことを言うんだから……。
「ほんと一瞬しか美依ちゃんのこと見てなくて、全然知らない子なのに一目惚れするなんてどうかしてるって、自分でも思ったんだけどさ……」
　今の青井くんの表情と、話す言葉はとても心臓に悪い。
「だから、そんな気持ちは捨てて、さっさと諦めるべきだって言い聞かせてたんだ。また会えるかわからない子にそんな気持ち抱いても仕方ないって」
　そのまま青井くんは話し続ける。
「だけど、それから数週間後に学校で美依ちゃんのこと見かけたんだ。その時は、まさか会えるなんて思ってなくてさ。その時声をかけようとしたけどできなかった」
「え、どうして……？」
「……美依ちゃんの隣にはいつも小波くんがいたから」
　悲しげに苦笑をもらした。
　それを見ると胸がギュッと押しつぶされそうになる。
「ごめんね、そんな顔させたかったんじゃないんだ」
　ぽん、と青井くんの手がわたしの頭を撫でた。
「ただ、美依ちゃんのこと本気だって伝えたかった。なのに、なんかいろいろ長く話しすぎちゃったね」

「そ、そんなこと……っ」
「キス……したのはほんとに悪かったと思ってる。だけど、どうしても伝わってほしかったんだ、俺が本気だってこと」
　っ……、こんな真剣な眼差しを向けられたら、どう反応したらいいのかわからない。
　ただ、青井くんの好きが本気だってことは伝わった。
「……美依ちゃんのそばにいるのは、俺じゃダメ？」
「っ……」
　もう……わたしのそばに知紘はいない。
　こんな時でも、わたしの頭の中に真っ先に浮かぶのは知紘で……。
　この前まで、わたしのそばには知紘がいてくれたのに。
　もう、いない。
　それを寂しく感じて、その寂しさを埋めようとして、誰かにすがろうとする自分の心は本当に最低だ……。
　いっそのこと、青井くんの手を取ってしまえば……。こんな底知れぬ寂しさに襲れなくて済むだろうに。
　グラグラと心が揺れる音がする。
「小波くんとケンカでもした？」
「っ、どうして……」
「いつも一緒に登校してくるのに一緒じゃなかったから」
　これってケンカっていえるの……？
　きっと、知紘はわたしから離れてこのまま戻ってこない。
　もう……わたしなんていらないんだから。
「そんな泣きそうな顔しないで」

青井くんの指がわたしの瞳にたまる涙を拭った。
　そして、始業のチャイムが鳴ったのが耳に届いた。
「教室行けそう？」
「うん……大丈夫……」
　もう余計なことを考えないようにして、一度だけ指で目をこすって、青井くんと２人、少し遅れて教室へ向かった。
　教室に着くと、すでにホームルームは始まっていて、青井くんが前の扉を開けると、クラス全体から一気に注目を浴びる。
「遅れてすみません」
「青井が遅れてくるとは珍しいな」
　先生はいつも遅刻しない青井くんが遅れてきたことに驚いている。
　わたしは何も言えず、青井くんの後ろに隠れるだけ。
「小波さんが体調悪かったみたいで」
「そうなのか、小波？　大丈夫か？」
「だ、大丈夫……です」
　青井くんのとっさの嘘に驚きながらも、先生に不自然と思われないように対応した。
　青井くんのおかげで遅刻は免除され、青井くんは自分の席へ。
　そして、わたしも自分の席につこうと足を向けた時。
「っ……」
　一瞬だけ。
　知紘と目が合った。

ただ、無言でその視線をかわして、知紘の席の横を通り過ぎて席についた。
　なんだ……わたしがいなくても、ちゃんと学校来られるじゃん……。
　朝、少しでも心配して足を止めた自分がバカみたい。
　どうしてわたしばっかりが、こんなに知紘のことでいっぱいになってるの……？
　気づいたら知紘のことばかり。
　今までそばにいるのが当たり前だった存在がいなくなることが、こんなにも心苦しいなんて知らなかった……。
「ちょっと、美依？　なんかあったの？」
　席につくと、すぐ華に声をかけられた。
　動揺するとまた心配をかけてしまうと思い、嘘が下手な自分なりに精いっぱいの笑顔で答える。
「う、ううん。なんでも……ない」
　目の前に知紘がいる手前、ここで話すわけにはいかない。
　これ以上話を広げられないように華のほうは向かず、教科書の準備をしたり先生の話を聞いたりして、どうにかやり過ごした。

　そしてあっという間に放課後。
　なんだかやる気が出なくて、今日１日何をしたかあまり記憶にない。
　それくらい、わたしは空っぽになってしまっていた。
　今だって、ずっと目の前で寝ている大きな背中を見つめ

てばかり。
　いつもだったら、そんな背中を叩いて「早く帰るよ！」って言えたのに。
　今はそんなこと言えるわけない。
　まだ、どこかで期待してる自分がいる。
　もしかしたら、何もなかったように「美依帰ろう」って言ってくれるかもしれないなんて……。
　あぁ……バカみたい。
　カバンを持って、席を立ち上がろうとした時。
　寝ていた知紘が顔を上げて起きた。
　それがわかると、思わずピタッと動作を止めてしまう。
　きっと、何も声をかけられないことなんて、わかりきっているのに。
　この場から動けないのは、知紘が何か言ってくれるのを待っているから……だ。
　ガタンと席を立ち上がって、後ろの席のわたしを見た。
　だけど、何も言わなかった。
　あぁ……胸が痛い……。
　ただ、わたしに向けられた視線はとても冷めたもので、いつもの優しい知紘じゃなかった……。
　そして、そのまま教室を出ていった。
　わたしは何を期待していたんだろう。
　期待通りにいかないことくらい、わかっていたのに。
　帰り道が同じだから、時間をずらして教室を出た。
　1人、誰もいない廊下を歩く。

このまま誰にも会わず、何もないまま家に帰ることができたらよかったのに……。
　神様は意地悪だ。
「あれ？　知紘くん今日1人なの？　珍しいね。1人なら一緒に遊びに行かないっ？」
　廊下の角を曲がろうとしたところで、そんな声が聞こえてきた。
　明らかにそれは知紘を遊びに誘う女の子の声。
　足を止めて、その場に立ち尽くす。
「今日あの幼なじみの子いないの？」
「……別にカンケーないし」
「あっ、その様子だとケンカでもしたんでしょ？」
「…………」
「なぁんだ、図星かぁ。じゃあ、なおさら一緒に遊びに行こうよ。わたしでよかったら知紘くんの相手するよ？」
　2人の距離が近づいたのが見えた。
　それを見て動揺したのか、手に持っていたカバンを落としてしまった。
　——ドサッ……！
　焦ってそのまま2人の前に姿を見せてしまった。
「あれ？　なぁんだ、幼なじみちゃんいたんだ？」
　2人に存在を気づかれて、完全に逃げ場を失った。
　そして、女の子は知紘から離れて、わたしのほうに近づいてきた。
「ねぇ、知紘くんのこと貸してくれる？」

「え……」
「ほら、いつも知紘くんあなたのことしか見てないから、相手にしてくれないんだけどさ。今ならチャンスあるのかなって」
「っ……」

　ここでわたしがダメって言ったら、知紘はどうするのかな……？

　というか、そもそもわたしがダメとか言う権利なんてないのに……。

　それは向こうもわかっているようで。
「まあ、ただの幼なじみちゃんが止める権利ないよね？」

　わかっていて、わざとわたしにこんなこと言ってくるなんて……。悔しくて言い返そうとしても、事実だからそれはできない。
「ね、知紘くん、いいでしょっ？」

　そう言いながら、また知紘に近づいて、目の前で知紘の腕をギュッとつかんでいた。
「っ……」

　やだ……行かないで……って。

　心の中で叫んでいる自分がいる。

　そんなこと口に出せない立場だってことくらい、わかっている……。

　だからただ、知紘を見つめるだけ。

　だけど知紘はわたしと目を合わそうとしない。
「ねっ、いいでしょ？」

「…………」
　少しの沈黙の後。
「別にいいけど」
　聞きたくなかった……。
　こんなにもすんなり受け入れて、他の子のところに行ってしまうんだ……。
　もう、知紘にとってわたしはなんともない存在なんだ。
「やったぁ！　じゃ、行こっか！」
　遠ざかっていく２人をただ見つめるだけで、何もできない自分はどこまで惨めなんだろう。
　無意識なのか、そんなことを考えながら身体が動いた。
「い、行か……ないでっ……」
　遠ざかっていく背中を追いかけて、弱々しい声が静かな廊下に漏れた時には、知紘の腕をつかんでいた。
　今のわたしにできることはこれが精いっぱい……。
　知紘の腕をつかむ自分の手が、小刻みに震えている。
　こんなことしたって、もう遅いって。
　そう思うのに、自分を止められなかった。
　怖くて上を向くことができない。
　下を向いて、ただ知紘の反応を待つだけ。
「ちょっとぉ、知紘くんは今からわたしと遊びにいくんだけど？　その手放してよ」
　ギュッとますます手に力が入る。
　放したくない……。
　渡したくない……。

どれだけ自分が思っても。
「……放して」
　　だけど、それは届くことはなくて。
　　わたしを拒むような、低く冷たい声を拾った。
　　そして、簡単に手を振り払われた。
　　その直後、うっすら視界が滲んだ。
　　息が詰まりそうなくらい苦しい……。
　　そして追いうちをかけるように。
「……よかったじゃん。あいつとうまくいって」
　　違うのに……わたしと青井くんは何もないって。
　　そう伝えたいのに、喉の奥が詰まって声が出ない。
　　ただ、その場に立ち尽くすことしかできなくて……。
　　追いかけたい背中がどんどん小さくなっていく。
「うぅ……っ」
　　その場に力なく座り込むと、ポタポタと雫が落ちていく。
　　何もかも失って、どうすることもできない無力な自分。
　　わたしにとって知紘は失いたくない存在だったのに。
　　もう、いない……。
　　もう、この距離は縮まらない……。

あぁ、なんだ……好きなんだ。

あれから数週間が過ぎた。

時間は、自分が止めたいと思っても進んでいく。

そして、その進んだ時間だけ距離が遠くなって、溝は深くなっていく。

何もかもが、変わらないはずなのに。

たった1人の存在を失っただけで、わたしの世界はガラッと変わってしまった。

最近何をやってもうまくいかない。

完全に上の空状態。

心ここにあらずとは、まさに今のわたしのようなことを言うんだろうな……。

何も手につかなくて、何もする気になれない。今までの自分がどうやって過ごしていたのか、その感覚すら忘れかけている。

「こらー、美依。またボーッとしてる」

今だって、気づけば放課後になっていて、華がそばにいることすら気づかなかった。

「もう、どうしたの！ ここ最近の美依すごく変だよ？ いつもの美依らしくない」

いつものわたしらしくないって……？

わたしらしさってなんなの？

「小波くんと何かあったんでしょ？」

「っ……」
「最近のあんたたちどうしたの？　距離置いてますってのが丸わかりなんだけど。美依はずっとどんよりした感じだし、それに小波くんもあれ、どうしたのよ？」
　そう言いながら指さすほうには、女の子に腕を引かれて、教室を出ていこうとする知紘の姿。
　最近ずっとそう……。
　知紘を目で追いかけるたびに、同じような光景が目に入ってくる。
「今まで、美依以外の女子と関わることなんかなかったじゃん。なによ、あの変わりようは」
　もともと女子たちの間ではかっこいいって騒がれていたから、黙っていても自然と寄ってくるのだ。
　今までは、どんなにたくさんの女子たちにアピールされても、全く興味を示さず、相手にすらしなかったのに。
「お互い無理してるのがバレバレ。なんでそんな態度取り合ってるの？」
「……無理なんか……してない」
　嘘つき……。
「嘘ばっかり。美依がそうやって強がってたら、小波くんはどんどん離れていくんだよ。取り戻せなくなってもいいの？」
　仕方ないじゃん……。
　もう取り戻せない段階まで来てしまっているんだから。
「おーい、小波ちょっといいかー？」

華との会話を遮るように担任の山田先生から名前を呼ばれて、その場から離れた。
「……なんですか？」
「お前、この間図書委員の仕事サボっただろう？」
「え？」
「え？じゃないだろう。この前頼んだ掃除(そうじ)はどうなってるんだ？」
「あ……」
　すっかり忘れていた。
　先生に仕事を頼まれた後にいろいろあって、結局そのまま帰ってしまったんだ。
　それをなんで今さらになって。
「はぁ……忘れてたんだな？」
「す、すみません」
　呆れた顔と、ため息が向けられた。
　こっちだっていろいろあって、頭がいっぱいで、正直そんなこと今さら言われても……。
「よし、じゃあ今から２人でやってこい」
「は……い？」
　突然の発言に思わず、なに言ってるんですかって顔で先生を見る。
　だけど、そんなのお構いなしで。
「どうせお前たち、放課後暇だろう？　おい小波、お前もちょっと待て！」
　暇だと決めつけて、おまけに教室を出ようとしていた知

紘を呼び止めた。
　さりげなく知紘のほうに視線を向けると、面倒くさそうな顔をしながら、こっちにやってきた。
「……なんですか？」
　っ……、久しぶりにこんな近くで声を聞いた。
「お前たち２人、今から資料室の掃除だ！」
「……は？」
「ほんとは前から小波には声をかけていたんだが、見事にお前ら２人そろってサボッてたしな？」
　あ……しまった。
　わたし知紘に、このこと言ってなかった。
「お前ら２人そろってサボッた上に、忘れてたんだな？」
　どうしよう……。わたしが忘れてたのは事実だけど、知紘は何も知らなくて、わたしがちゃんと言ってなかったのがいけなかったのに。
「せ、先生、違うんです。わたしが言い忘れ──」
　すぐに弁解しようとすると……。
「あー、すみません。言われてたんですけど、僕が忘れてました」
　何それ……。
　こんな風に先生にいろいろ言われるの面倒で嫌いなくせに、なんでそんな嘘つくの……？
　わたしが悪いって言えばいいじゃん……。
　それなのにどうして……？
「ったく、２人そろって忘れるとは呆れるぞ。罰として今

からすぐに掃除やってこい！　ある程度きちんとしてから帰らないと、明日も居残りだからな？」

　そう言い残して、山田先生は教室を出ていった。

「…………」

「…………」

　あぁ、この無言の空間がつらい。

　しかもこの後、一緒に資料室の掃除なんて気まずい。

　それに、知紘は遊びにいくみたいだし。

　チラッと少し離れた扉のほうを見れば、さっき知紘と教室を出ていこうとしていた子が待っている。

　あぁ……前ならこんなことありえなかったのに。

　前まで知紘の隣はわたしだったのに……。

「……あ、あの、掃除のこと言ってなくてごめんね」

　先に口を開き、必死に声を振り絞って話す。

「い、今から遊びにいくんだよね……？　掃除ならわたし１人でやっておくから……」

『あの子のところに行って』

　そう続けることができなくて、言葉が切れてしまった。

　すると、何も言わずにわたしから離れて、さっきの子のところへ行ってしまった。

　っ……。

　なんだ、何も言わないで行っちゃうんだ。

　もう話す気すらないってこと……？

　あぁ……なんで傷ついてるんだろう。

　これでいいじゃん。

どうせ後で気まずくなるなら、1人で掃除するほうがマシだと思っていたのに。
　どうして、こんな重苦しい気持ちになってしまうんだろう……。
　ある程度片づくまで帰らせてもらえないから、今日終わらなかったら明日も居残り。
　誰にも気づかれないよう1人ため息を漏らしながら、知紘たちのほうは見ずに教室をあとにした。

　教室を出てから少し歩いて旧館にやってきた。
　入るとすぐに資料室がある。その扉を開けると……中には本が山積みにされた机。
　床にはたくさんのプリントが散らばっていて、ほこりっぽい。
　とても当番制で片づけてきたとは思えない。
　すぐに窓を開けて空気の入れ換えをした。
「はぁ……これ1日で終わるのかな」
　全く終わる気がしない。だけど、終わらないと明日も残るはめになる。それだけは避けたい。
「よし、頑張ろ……」
　髪を後ろで1つに束ねて、掃除を開始した。
「ゴホッ……ほこりが」
　とりあえず、山積みにされた本を本棚にしまっていくことにしたんだけど、本を動かすとほこりが舞う。
　それを吸ってしまい、咳が出る始末。

しかも、本棚の下のほうにはギッシリ本が入っていて、上のほうしか空いていない。
　背が低いのにほんとついてないな。
　グイーッと背伸びをして、本を並べていく。
「うぅ……あと少しっ……」
　とりあえず届くところまでは頑張った。だけど本はまだまだある。
　届かないし、もう限界。
　諦めようとしたところで視線を下のほうに向けると、今まで気づかなかった踏み台を発見した。
　あ、これに乗れば届くかも。
　最初からこの踏み台の存在に気づいていれば、少しは楽だったのに。
　それから踏み台を利用して、どんどん本を並べていく。
　だけど、この踏み台がとても不安定。
　どちらかに体重がかかるとガタッと揺れる。
　しかも、結構高さがあるから、落ちたらただでは済まなそうだ。
　古い資料室だからかここにある本も古く、重くて分厚いものが多い。
「お、重い……っ」
　グラグラ揺れる踏み台の上でバランスを保ちながら、必死に重い本を並べようとする。
　だけどなかなかうまくいかない。
　少し背伸びをして、なんとか本棚に押し込めたと思った

その時……。
　ガタンッと足元の踏み台が揺れる。
「きゃっ……」
　そのままバランスを崩した。
　身体が後ろに倒れていくのがわかる。
　このまま倒れれば、間違いなく大ケガをしてしまう。
　グッと目をつぶって、倒れる覚悟をした。
　ドンッと鈍い音がする。
　もちろん、これはわたしが踏み台から落ちたから。
　だけど、身体は全然痛くない。
　本来なら床に叩きつけられているはずなのに……。
　ふわりと、甘い香りが鼻をかすめる。
　あぁ……誰かなんて顔を見なくてもわかる。
「……な、なんでいるの……っ」
　床に落ちるはずだったわたしの身体は、優しい温もりに包まれていた。
「……ほんと危なっかしい」
「っ、なんで……知紘がここに……っ」
　そう、わたしの身体をキャッチしてくれたのは知紘だったのだ。
　帰ったと思っていた知紘がいたことに驚いたのと、こんなに近くで触れられるのが久しぶりで、自然に鼓動が速くなっていく。
「……そっちこそ、なんで１人でいなくなってんの？」
「だ、だって……っ、掃除のこと言ってなかったわたしが

悪いんだし。それに予定あったでしょ……？　だ、だからわたし1人でやったほうがいいと思って……っ」

　久しぶりに話すせいか声が震えて、前みたいにうまく話せない。

「それで危ない目に遭ってたら意味ないってことくらいわかんないの？」

　そんなことを言いながら抱きしめるなんて……。

　ほんとなに考えてるの？

　冷たく突き放したり、こんな風に優しく触れてきたり。

　よくわからない人……。

「知紘だって……無言でわたしの前からいなくなった……じゃん」

「あれは相手の子に断りにいってただけだし」

　何それ……。

　だったらそう言ってくれればよかったのに。

「約束……してたのにいいの？」

　あ……余計なこと聞いてる。

　こんなこと聞く必要ないのに。

「なに、そんなに行ってほしいの？」

「ち、ちがっ……」

　わたしから離れようとして、そんなことを言うものだからとっさに抱きついた。

「……ほんと美依ってよくわかんない」

「っ……」

　わたしだって、知紘のことよくわかんない。

こんな風に近くで触れ合っているのに。
「ほら、さっさと片づけるよ。明日も居残りとか勘弁だから」
「う、うん」
　するとすぐに、さっきまでわたしが使っていた踏み台をどかした。
「え……それだと本が片づけられな……」
「はぁ……やっぱバカ」
「え？」
「さっき落ちそうになってんのに、また落ちる気なの？」
「こ、今度は落ちないようにするもん……」
　さっきはたまたまバランス崩しただけだもん。
「……危ないからやめて。上のほうは僕がやるから、美依は床に散らかってるプリントでも片づけといて」
「わ、わかった」

　それから数時間、何か会話をするわけでもなく、お互い黙々と片づけをして、気づいたらオレンジの空が暗くなっていた。
　時計を見ると、なかなかの時間。
「……ま、こんなもんでいいんじゃない？」
「そ、そうだね。手伝ってくれてありがと……ね？」
「なんでそこでお礼？」
「いや、だって約束あったのに……その、手伝わせちゃったから……」
「いや、僕も図書委員だし。仕事だから仕方ないでしょ。

別に美依がお礼を言うことじゃない」
　知紘の言うことが正論すぎて、返す言葉がない。
　疲れたのか眠そうな顔をしている。
　こういう面倒な仕事、苦手なくせに……無理したせいで疲れた顔をしているのがわかる。
「わたし職員室に行って、先生に報告してから帰るね？」
　そのまま資料室を出ようとしたら。
「……やっぱりバカ」
「え？」
　そんな声が聞こえたものだから振り返ると、なぜか呆れた顔でこちらを見ていた。
　ため息をつきながら、わたしに近づいてきたかと思ったら、資料室を出てスタスタと歩いていく。
「え、ちょっ、どこ行くの？」
　慌ててその後を追いかけると、こちらを振り返って。
「職員室行くんじゃないの？」
「だ、だからそれはわたし１人で行くから……。知紘は先に帰っても大丈夫だよ……？」
　ほんとは面倒なことに付き合って疲れていて、早く帰りたいくせに……。
　だから、先に１人で帰ってくれていいのに。
　振り返った知紘の顔はむすっとしていた。
　ねぇ、どうしてそんな不機嫌そうな顔するの？
「それ本気で言ってんの？」
「う、うん」

今度こそ呆れて帰るかと思ったのに。
「外暗いんだけど」
「うん、知ってるよ」
「こんな中１人で帰るつもり？」
「うん」
　だって一緒に帰る人、誰もいないし……。
　あ……。
「……ほんとバカだよね。また前みたいなことになったらどーすんの？」
「っ……」
「心配だから送っていく。どうせ帰り道一緒だし」
　……この前は冷たくて、わたしのこと必要ないって言って突き放してきたくせに……。
　それまで他の女の子に興味すら示さなかったのに、最近になってころっと態度を変えて、そのたびにわたしは胸がモヤッとしていて。
　知紘はわたしがいなくても平気なのに、わたしは知紘がいないと全然平気じゃない。
　こんなに違うのはどうして……？
　それから職員室に寄って、そのまま２人で帰る。
　こんな風に肩を並べて歩くのはいつぶりだろう？
　街灯が照らす光に影が２つ並ぶ。
　隣で歩いていると、たまに知紘の指先に触れて、いちいちピクッと反応してしまう自分が恥ずかしい。
　そんなことに気をとられていたら、わたしの横をすごい

勢いで自転車が横ぎった。

「きゃっ……！」

接触しそうだったけど、間一髪。

知紘がわたしの肩をグッと引き寄せた。

「……ほんと危なっかしい」

ダメだ……また胸がキュッて……。

前までは、こんなに近くても、こんな気持ちになることなんかなかったのに。

「ご、ごめん……ありがとう……」

ほら、早くお礼を言って離れなくちゃいけないのに。

ギュッと知紘のセーターを握って、離れようとしない自分は何を考えているの……？

「どーしたの、美依」

「……っ」

前までは、こんな風に名前を呼んでもらえて、誰よりも近くにいるのが当たり前で、触れるのは簡単なことだったのに……。

ねぇ、どうして……。

「ちひろ……っ」

手を伸ばせば、今はこんなに近くにいるのに……。

どうして、わたしから離れていこうとするの……っ？

「っ……、そんな声出すとかずるい」

伏せていた顔を上げると、余裕のなさそうな表情が読み取れた。

そのまま2人の視線が絡み合う。

あぁ……。
　なんだ……。
　わかってしまった。
　答えはこんなに簡単なことだったんだ。
　今までのわたしは、どうしてこんな簡単な気持ちに気づくことができなかったんだろう……。
　そばにいるから気づかなかった？
　そんなわけない。
　わたしにとって知紘の存在は"幼なじみ"で、とても大切な存在。
　でもそれは、それ以上でもそれ以下でもなくて、"幼なじみ"を超えることはないと思っていたのに、気づいたら軽々とそれを超えてしまっていた。
　誰よりも特別で、ずっと近くにいてわたしを守ってくれた、たった１人のかけがえのない人……。
　こんなにもそばにいたいと思うのは知紘だけなんだ。
　これだけは、はっきり言える。
　どうして知紘のことで頭がいっぱいになるのか……。
　どうして知紘が自分から離れていくのが嫌なのか……。
　それは……全部全部、わたしが知紘を好きだから……。
　あぁ……どうして今なの？
　一度この感情に気づいてしまったら、もう引き返すことはできない。
　好き……好き……。
　もう気持ちを止められない。

ねぇ、知紘は今誰を想ってるの？
　やっぱりもう、わたしなんかいらない？
　今さら『そばにいたい』、『好き』……なんて言っても伝わらない？
　こんなに、こんなに好きなのに……。

もう、気持ちは抑えられない。

「はぁ……」
　知紘への気持ちに気づいてから数日が過ぎた。
　あの日、結局お互い何も話さず終わってしまった。
　あのまま、気持ちをすべて伝えてしまえばよかったかもしれない……。
　でもそんなことできるわけもなく。
　今まで、散々知紘の気持ちを考えずに傷つけたのはわたしなんだから。
　知紘はちゃんと伝えてくれていたのに、わたしはその気持ちに応えるどころか、傷つけるようなことばかりして。
　知紘のことをもっと考えていれば、今でも知紘の隣はわたしだったのに。
　結果、自分が気づいた時には、すでに失っていた。
　取り返しのつかない今の状況と自分の情けなさに、涙が出てきそう。
　だけどそれをグッとこらえる。
　心なしか、体調もあまりよくない。
　今はお昼休み。
　みんなが楽しそうに話をして、ごはんを食べているのをただボーッと見つめる。
　正直食欲も全然わかない。
　そういえば最近あんまり食べてないかもしれない。

そんなことを考えていると、一緒にお昼を食べていた華が大きなため息を漏らした。
「ねぇ、ずっとこのままでいいの？」
「何、が……？」
「小波くんのこと」
「っ……」
「ほんとはそばにいてほしいくせに無理しちゃって。いい加減小波くんの気持ちに気づいてあげ——」
　華が呆れた様子で話しているところに、思わず遮るようにして打ち明ける。
「気づいてる。わたしだって、知紘と同じ気持ち……だもん……っ」
　華は驚くかと思ったけど、そんなことはなかった。
「はぁ……やっと気づいたの？」
　冷静な反応が返ってきた。
「遅すぎ。美依が鈍感なのは今に始まったことじゃないけど。やっと小波くんへの気持ちに気づいたのね」
「っ……うん」
　なんだ……華には全部お見通しだったのか。
　それから、今まであったことをすべて話した。
　知紘といろいろあったことは前に話したけど、青井くんとのことは言っていなかったから。
　青井くんとのことがあってから、知紘とうまく接することができなくなってしまったこと。
　知紘のわたしに対する態度が変わってしまったことも。

だけど、それは知紘が悪いんじゃなくて、知紘の気持ちを踏みにじったわたしが悪いんだってことも。
　すべて話し終えると涙が出そうになり、それをこらえて下を向く。
　わたしが話してる間、華はうなずくか相づちを打つだけだった。
　すべて話し終えた後、華の言葉を待つ。
「よく頑張ったね」
「え……？」
　予想外の言葉をかけられて、思わず顔を上げた。
「１人でいろいろ抱え込んでたんだね。ごめんね、気づいてあげられなくて」
「っ、そんなこと……っ」
　華は何も悪くないのに……。
「いろいろ遠回りしてるけど、美依が自分の気持ちに気づけたのはすごい進歩だと思う。気づかないままだったら、小波くんのこともっと傷つけてたと思うよ？」
「っ……」
「美依はもう遅いって言ってたけど、遅くなんかないと思う。小波くんは美依のことほんとに大切にしてたんだから。そんな小波くんが美依のこと必要ないなんてありえないと思う」
「でも……もう知紘は……っ」
　わたしから離れていってしまった。
　もう前のようには戻れない……。

「逃げちゃダメ。小波くんは美依のこと好きだって気持ち伝えてくれたでしょ？　小波くんは逃げずにちゃんと伝えてくれてるんだから、美依も一度でいいからちゃんと気持ちを伝えないとダメなの」
「…………」
「きっと伝わるから。あともう少しだけ頑張ってごらん。結果なんてどうなるかわかんない。だけど、相手にちゃんと気持ちを伝えることに意味があるとわたしは思う。だからどうせ後悔するなら、伝えて後悔するほうがずっといいと思うよ」
「はな……っ……」
　そうだ……わたしは逃げてばかりで。
　何も変わろうとしていない……。
　知紘はちゃんと伝えてくれたんだから。
　わたしも、今の気持ちを伝えないと何も始まらない。
　たとえ、どんな答えが返ってきても、それをすべて受け止める覚悟をもたなくてはいけない。
「美依には笑っていてほしい。きっと、美依の笑顔を一番待っているのは、小波くんだから。頑張っておいで」
「ありがとう……っ、華」
　気づくと、もうお昼休みが終わる数分前。
　結局、何も食べることなく授業を受けることになった。
　５時間目は移動教室で、華は係の仕事があるから先に行ってしまった。
　ほとんどの生徒が移動した後で、わたしも急いで教室を

出た。
　廊下を１人で歩いていると。
　──グラッ。
　身体がぐらついて、とっさに壁に手をついた。
　調子がよくないのはわかっていたけど、まさかこんなめまいに襲われるなんて思っていなかった。
　なんだか朝より調子が悪くなっている気がする。
　身体がだるい……。
　壁にもたれかかって、息を整える。
　まさか急に悪化するなんて……。
　目を閉じたら、このまま意識が飛んで倒れてしまいそう。
　体調管理すらまともにできなくなっていたなんて、ほんとに情けない……。
　ここは人通りが少ないから、助けを呼ぼうとしても誰もいない。
　だから自分の足で教室に行くしかない。
　ぼんやりとした視界の中でふらふらと歩みを進める。
「はぁ……っ」
　身体が熱い……。
　立っているのですらしんどい。
　手に持っていた教科書が、バサバサッと音をたてて落ちていったのがわかる。
　それを拾う気力すらもうない……。
　自分の身体を支えることができなくなって、意識が飛びそうになる。

そして身体の力がすべて抜けた時だった……。
　ドサッと、自分が倒れたであろう音がして……だけど不思議と身体は痛くなかった。
「み……い……！」
　わたしを呼ぶ声がするので、ぼんやりとした意識の中で目を開けると……とても焦った顔が飛び込んできた。
「……ち……ひろ……」
　わたしが名前を呼ぶと、ホッとしたような顔を見せ、そのまま、抱き寄せられた。
　もう、ずっとこの腕に包み込まれていたら、どれだけわたしは幸せなんだろう……。
　そんなことを考えていると、知紘の少し冷たい手がおでこに触れた。
「熱あんじゃん」
「ふぇ……？」
　身体が熱くてクラクラするのは熱のせい？
「……なんでこんな状態になるまで気づかなかったの？」
　そんなことを言いながら、わたしの身体を簡単に持ち上げて、何も言わずに歩き出した。
　ほら、そうやって簡単にわたしに触れて……。
　知紘にとってはなんともなくても、近くに感じるだけで、触れられるだけで……胸がドクドク脈打つ。
　その音が知紘に聞こえないか心配しながら……ゆっくりと身を預けた。

連れてこられた場所はもちろん保健室。
　着くなり、すぐに先生を探していたけど、どうやらいないみたい。
「とりあえずベッドで横になって」
「……ん」
　ベッドに身体を下ろされて横になると、だいぶ身体が楽になる。
　だけど……。
　知紘が離れていくのがわかると。
「まっ……て……っ」
　離れてほしくなくて……。
　こんなこと言わないはずだったのに……気づいたら口に出してしまっていて、ギュッと知紘の手をつかんだ。
　心の中のワガママな自分が、離れてほしくない、そばにいてほしいって言っている。
「熱があるんだからおとなしく——」
「っ……お願い、そばにいて」
　なんでわたし、こんなこと言ってるの？
　熱があるから……？
　意識が朦朧としているから……？
　違う……。
　これは熱のせいなんかじゃない。
　わたし自身が知紘を求めている。
　もう、すべてが言葉に出てきてしまいそうで、それを自分の中で抑えようとしているのに、うまく制御できない。

「……そんな顔して言うとかずるくない？」
　だけど、つかんだわたしの手は簡単に振り払われてしまって、すぐにわたしから距離を取った。
「っ……」
「……ちゃんと寝ないと悪化するよ」
　どうして、離れていっちゃうの……？
　近づこうとしても、近づけない。
　どうしたら、この想いを伝えられる？
　それとも、もうこんな想いはすべてなかったことにして、消してしまえば楽になる……？
　そんなことできるわけないのに……。
「……ちひろっ」
　再び呼ぶと、こちらを振り返って足を止める。
「……なんで泣いてんの？」
「今だけでいいの……っ。そばにいてほしいの……」
　今だけなんて、この場の言い訳にすぎない。
　ほんとは少しでもそばにいてほしい。
「……僕の気持ちわかっててそんな思わせぶりな態度するとか、ほんとなに考えてんの？」
「っ……」
　さっきつかんで離れた手が、今度は知紘によって、ギュッと握られて。
　そのまま、わたしの上に知紘が覆いかぶさってきた。
　距離を近づけて。
　あと少し……唇が触れる寸前で……。

「……なんで抵抗しないの？」
　動きを止めて、知紘の綺麗な指が唇をなぞる。
　その行動に身体がピクッと反応する。
　そんな風に触れないで……っ。
　身体がおかしくなりそうで……。
　抵抗なんかできるわけない。
　熱で火照る身体は、知紘のせいでもっと熱くなっていく。
「そんな瞳で見つめられたら止められない……」
「ちひ……っ」
　名前を呼ぶ前に、優しく唇をふさがれた。
　最初は優しく触れるだけだったのに。
　一瞬唇が離れて、視線がぶつかると……。
「……あー、もう止まんない」
「……んんっ」
　吸い込まれるように、再び重なる。
　息が続かなくて苦しい……。
　だけど、抵抗する自分はどこにもいない……。
「はぁ……っ」
　離れた時には、息が荒くなっていた。
　もう、頭の中は何も考えられなくなっている。
　唇の熱がひかない。
「……美依」
　あぁ……もうダメ……。
　抑えられない……。
　この気持ちはもう止められない……。

「──すき……っ……」
　気づいたらもう、口に出していて。
　そのまま、自分から知紘を引き寄せて、軽く触れるキスをしていた……。
　知紘の驚いた顔が見えたと同時に、わたしは意識を手放した……。

幼なじみ→彼女。

　次にわたしが目を覚ましましたのは、自分の部屋だった。
「……ん」
　目を開けると、真っ先に自分の部屋の天井が目に入ってきた。
　あれ……？
　たしかお昼休みが終わってから、体調が悪化して倒れちゃって。
　そうだ、その時知紘が助けてくれて、保健室に連れていってくれたんだ。
　それから……。
　その後の記憶がかなり曖昧だ。
　たぶん、熱がすごく上がっていたから。
　何を言ったのかすら覚えていないはずだったのに……。
「っ……」
　曖昧な記憶の中でも、唇に残る感触は消えていなくて。
　そして、自分が意識を手放す前に言ったことも忘れるわけもなくて。
　勢いのまま、あろうことか自分からキスをして告白してしまったんだ……。
　いくら熱があって、意識が朦朧としていたとはいえ、完全に自分を見失っていた。
　何やってるんだ、わたし……。

ふと、時計に目をやると、もう時刻は夜の7時を過ぎていた。
　お昼休みが終わってから保健室でずっと寝ていて、今まで目を覚まさなかったわけだから、かなりの時間眠っていたことになる。
　そのおかげか、身体の調子もだいぶよくなっていた。
　あれ、でもわたしずっと寝ていたはずなのに、いったいどうやって家まで帰ってきたのかな？
　自分で学校からここまで歩いて帰ってきたわけがない。
　そんな記憶はどこにもない。
　それとも、それすら忘れてる？
　とりあえず身体をベッドから起こして、部屋を出ようとして扉を開けた。
「……へ？　うわっ……！」
　扉を開けた時、目の前に誰かが立っていてぶつかった。
　お母さんかと思って顔を上げると、
「え……な、なんで知紘が……？」
　そこにはなぜか、切り分けたリンゴをのせたお盆を片手に持っている知紘の姿があった。
「起きたんだ？」
　ひょこっとわたしの顔を覗くと、顔を近づけてくる。
「へ……ちょっ、何す……」
　知紘に何をされるのかわからなくて、思わずギュッと目をつぶる。
「……ん、昼間よりは熱下がってる」

おでこに、ごつんと何かぶつかった気がして目を開けると、知紘のドアップが……。
　ち、近い……っ。
　その近さに耐えられなくて、すぐに顔をそらすと、フッと笑った声が聞こえた。
「……キスされるとか期待してた？」
「なっ……」
　1人動揺しているわたしの横をすり抜けて、ベッドのサイドテーブルにお盆を置いた。
「ほら、よくなったからって調子乗らないでちゃんと寝て」
「調子乗ってないもん……」
「美依は昔からそーやって調子乗って、風邪ぶり返すから」
「うっ……」
　変なの……。
　ほんの少し前までは、こんな風に会話することすらできなかったのに。
　お互いの距離も遠くて、話せずにいたのに。
　風邪をぶり返すといけないので、言われたとおり、おとなしくベッドに戻った。
　そんなわたしに知紘は。
「いい子じゃん」
　大きな手で頭をポンポンと撫でられた。
　っ……、悔しい……。
　ちょっと触れられただけなのに。
　嬉しくて、恥ずかしくて仕方ないなんて。

すぐに布団で顔を覆って隠した。
「……なーにしてんの」
　そんなわたしを不自然に思った知紘が、布団をはがそうとするけど、必死に抵抗する。
　今、確信した。
　自分の手で頬に触れたら熱くて、それは風邪による熱のせいではないということを。
　知紘に触れられたからなのだ。
「そーやって逃げるんだ？」
　だって、こんな顔見せられるわけない。
「素直にならないと他の女の子のとこ行っちゃうけど？」
「…………」
「へー、いいんだ？」
　いいわけない……。
　わたしが嫌がって布団から顔を出すのをわかっていて、言ってくるところがずるい。
　知紘の思いどおりになるのは気に入らないけれど……。
「や、やだ……行かないで……っ」
　手放したくない。
　だから顔を上半分だけ出してそう言った。
「じゃあさ、もう１回ちゃんと言ってよ」
「え……？」
　わたしが横になっているベッドに身を乗り出して、近づいてくる。
「……もう１回聞かせて。好きって」

「っ！」
「ほら、言ってよ」
「っ、む、無理……っ」
　あれはかなり勢いで言っちゃっただけで、改めて言うってなると、心の準備ってやつが……。
「へー、人に勝手にキスしといて言わないんだ？」
「そ、それは知紘も一緒でしょ……！」
「僕はちゃんと気持ち伝えてるけど」
「は、恥ずかしくて……言えないんだもん……っ」
　すると、むすっとした表情を見せた。
　あ、拗ねてる。
「……言って。言わないとキスする」
「な、なに冗談言って……」
「本気だけど」
　だから近い……っ。
　なんでこんな風に近づいてくるかなぁ。
「言っとくけど、そんな軽いキスとかじゃ済まないから」
「は、い……？」
　危険すぎる、この知紘の笑みに不覚にもドキッとしているわたしって、もう末期だ。
「……息できないくらいのやつ、覚悟しなよ」
「そ、そんなのわたしが無理だよ……っ」
　息できないって、どんなキスするつもりなの……！
「ほーら、早く」
「……っ」

じわじわと距離を詰めてきて、わたしを追い込んでいく。
　もう、逃げ場なんかない。
　身体中の血液が一気に流れて、どんどん熱が上がっていくのを感じる。
「っ……き」
「聞こえない。てか、その布団邪魔」
　あぁ……もうダメだ。
　せっかく隠してたのに。
　ついに、自分の真っ赤になった顔を隠すものがなくなってしまった。
「……ほんといちいち可愛い顔するね。早く言ってくれない？　僕がもう我慢の限界」
　こうなったら、すべて言ってしまえ。
　伝えてしまえばいいんだ。
「すきっ……」
「もっと」
「すき……」
「もっと」
「好き……知紘のことがす……」
「……もう十分」
　満足そうな表情が見えて、甘いキスが降ってきた。
　とっても、とっても甘いキス。
　ギュッと指を絡められて、頭の中はパニックでついていくのに必死。
「んっ……ふぁ……」

「……そんな可愛い声出したらダメ。止まんなくなる」
　今度は強引に唇をふさがれる。
　もう、ついていけない……っ。
　息がうまくできなくて、知紘に助けを求める。
「はぁ……っ」
「もう限界？」
　な、なんで知紘はそんな余裕なの？
　わたしはこんなにいっぱいいっぱいなのに。
「甘くて……溶けちゃいそう……っ」
「っ……、頼むからそんなこと言わないで」
「へ……？」
「……理性が死にそう」
　そのままわたしの隣にドサッと倒れ込んだ。
　そしてわたしをギュッと包み込んでくれる。
「ね、ねぇ……知紘？」
「ん、何？」
「知紘は……わたしのこと好き……？」
「は……？」
　突然のわたしの質問に驚いているみたい。
　"開いた口がふさがらない" とは、まさに今の知紘の状態のことを言うんだろうか……なんて、どうでもいいことを考えてしまう。
　でも、気になっちゃったんだもん……。
　わたしは知紘のことが好きだけど、もし、知紘がわたしのこと好きじゃなかったらって……急に不安になった。

「……前にちゃんと気持ち伝えてるし」
「で、でも……っ、最近いろんな女の子と遊んでたじゃん」
　あぁ、やだ……。
　思い出したら今にも泣き出しそうな弱い自分。
　そんなわたしに気づいたのか。
「……あれは、別に好きだからとかじゃないし。ただ美依の代わりが欲しかっただけ。だけどやっぱり美依じゃないとダメだって実感した。でもそれで美依のこと傷つけたのは悪かったと思ってる」
「っ……」
　「ごめんね」と言いながら子供をあやすみたいに背中をさすって、ポンポンと撫でてくれる。
「僕には美依しかいらない。美依さえいてくれればなんにもいらないって思えるくらい、それくらい大切なんだよ」
「ちひろ……っ」
　胸がジーンと熱くなって、嬉しくて、涙が出てくる。
「……そーやって、すぐ泣くところも可愛くてたまんない」
　抱きしめられる温もりが、こんなにも愛おしいものだったなんて。
　……きっとこれは、想いが通じ合っているからこそ感じられるもの。
「えへへ」
「どーしたの。泣いてたと思ったら急に笑って」
「なんか幸せだなぁって」
　笑い声が出てしまうくらい、今のわたしはとても幸せ。

それは知紘がいるから。
　知紘のことすごい好きなんだなぁと実感させられた。
「美依は単純だね」
「むぅ！」
「まあ、僕も幸せだけど」
「っ！」
　不意打ちのその言葉はダメ。
「あ、そーだ。もう幼なじみじゃなくなったからさ……」
　突然ニヤリと笑みを浮かべる。
　あ、これは危ない。
「美依のこと好きにしてもいいよね？」
「は、い？」
　思わず間抜けな声が出る。
「彼女なんだから、それなりの覚悟くらいしといてよってこと」
　……っ。
　"彼女"って響きが頭に残って離れない。
　なんか彼女って慣れないな。慣れないけど、その響きが嬉しくて、たまらないのも事実。
　だけどここで、ふと頭の中に１つの疑問が浮かんだ。
　わたし、意識を失うまで制服着てたよね？
　なのに、なぜ今のわたしは、ちゃっかり部屋着に着替えてるんだ？
　帰ってきたことすら記憶にないわたしが自分で着替えたわけがない。

お母さんが着替えさせてくれた？
　いや、お母さんは今日仕事でいないし。
　……ということは。
「ち、知紘……み、見たでしょ!!」
「……は？　いきなり何？」
　今さらになって、恥ずかしくなり身体を丸める。
　み、見た……絶対見たに違いない……！
「き、着替え……！」
　わたしの慌てるリアクションから察したのか。
「……あー、だって制服のまま寝かすわけにもいかなかったし」
　悪びれた様子もなくそう答えた。
　見られた……完全に見られた。
　顔から火が出るほど恥ずかしい。
「っ、バカッ!!」
　近くにあったクッションを、知紘の顔面に投げつけてやった。
「なに、恥ずかしいの？」
「あ、当たり前でしょ!!」
「別に減るもんじゃないじゃん」
　知紘のデリカシーのなさは、今に始まったことじゃないけれども。
　見られた側としては、減るもんじゃないじゃ済まないんだよ！
「……それにさー」

再び上に覆いかぶさってきたと思ったら、部屋着のボタンを1つずつ外し始めた。
「もう美依の全部は僕のなんだから」
「っ！」
「だから、何してもよくない？」
「よ、よくない!!」
　すぐさま知紘の手を止めるけど。
「……ダーメ、抵抗しないの」
　わたしの手をあっという間につかんで、抑えることなんて簡単。
「また印つけさせてよ」
　甘い囁きと、痺れるような甘い感覚に襲われて、全身の力が一気に抜ける。
「……1つじゃ足りない」
　何度も何度も、チクリと痛みが走る。
　チュッと音をたてて、吸いつかれて、甘く噛まれるの繰り返しで、身体がおかしくなりそう……。
「もう……やめて……っ」
「ん、あと少し」
　首筋より下にもたくさん跡を残していく。
　かなり際どいところまで。
　見えちゃいそうって頭では考えているのに、恥ずかしいのに、なぜか口に出せない。
　もう、されるがまま……。
「……ん、けっこー綺麗についた」

上からわたしを見下ろすその表情は、とても満足そう。
　そのままベッドの横に座って。
「そーだ、リンゴ食べる？」
　え、いきなりすぎませんか。
　行動が自由すぎるのは健在。
　さっきまでの雰囲気から急に変わって、リンゴ食べる？って。
　一度でいいから、この自由人の頭の中が見てみたい、なーんて。
「ん、甘くて美味しい」
　わたしがボーッとしてる間に、食べ始めちゃってるし。
　それ、わたしのために持ってきてくれたはずなのに、自分で食べてどーするの。
「美依、あーんして」
「え、いいよ！　自分で食べ……んぐっ！」
　まだしゃべっている途中だっていうのに、なかなか大きなサイズのリンゴを口に入れられた。
「美味しいでしょ？」
「ん、おいひぃ」
　口の中がリンゴでいっぱいでうまくしゃべれない。
　そんなわたしを、愛おしそうな顔で見てくるもんだから、どうでもよくなってしまう。
　が、しかし。
　その日の夜。体調がよくなったのでお風呂に入ろうとした時だった。

「な、何これ!!」
　鏡に映る自分に驚いた。
　首筋にかけて、ギリギリの際どいところまで知紘がつけた紅い跡がたくさん……。
　まるでたくさんの虫に襲撃されたみたい。
　ってか、これじゃ確実に見える!!
　どう頑張っても隠せる気がしない。
「うぅ……バカッ」
　恥ずかしいけれど、この跡を見るとたくさん愛されてるんだって実感できるような気もして、怒るに怒れない。
　ほんとはちょっと嬉しかったり……？
　なーんて、そんなこと言ったら大変なことになりそうだから、知紘には内緒……。

Chapter.IV

甘い彼には敵いません。

　幼なじみから彼女に変わっても、わたしの朝はこれまでと変わらない。
　急いで身支度を済ませて、ドタバタと自分の家を出て、隣の知紘の家に向かう。
「ちひろ！　起きて！」
　また、今までのように騒がしい朝が戻ってきた。
　こうやって知紘を起こしに来て、遅刻ギリギリの時間に家を出る、そんな朝が。
　カーテンをシャッと開けて、部屋の中に光を入れる。
　これだけバタバタしているのに、肝心の知紘は起きる気配がない。
「もう起きないと遅刻するよ！」
　いつもみたいにベッドに近づいて声をかけるけど、起きてくれない。
「知紘ってば！」
　スヤスヤと気持ちよさそうに眠る知紘の上に身を乗り出して、身体を揺する。
　これだけ呼んでるのに起きないって、どれだけ眠りが深いんだろう？
「……うるさい」
　もぞもぞと布団が動いて、そこからまだ眠そうな知紘の顔が出てきた。

相変わらずほんとに寝起きが悪い。
「起きないと遅刻するってば！」
　わたしがこんなに必死になっているのを無視して、まだ寝ようとする。
「……まだ眠い」
「寝ちゃダメ！」
　愛用の抱き枕を抱きしめたまま眠り始めるものだから、それを奪い取ろうとする。
　だけど、これがいけなかった。
　無言で腕をつかまれたと思ったら、そのまま身体を倒され、抱きしめられた。
「ちょっ！」
「……朝からベッドに入ってくるとか積極的」
「は、はぁ!?　わたしはただ起こしたくて……」
「……男が寝てるベッドに入ってくるとか無防備すぎ」
　まるでわたしを抱き枕にするように、ギュッと抱きしめて放そうとしない。
　でも、全身を包み込まれているような、この感覚が好きだったりする。
「……あー、眠い」
「ちょっ、耳元でしゃべらないで……っ」
　フッと、かかる息がくすぐったい。
　いちいち反応するわたしを見て、面白がっているのか。
「……そーやって反応されると、もっといじめたくなる」
　胸元に違和感があると思ったら、知紘がクスッと笑いな

がらブラウスのボタンを器用に外していた。
「ちょっ……」
　後ろからだっていうのに、なんて器用に外すんだろう。
　……って違う違う!!
「……あんま動くと変なとこ触っちゃうよ？」
「なっ……」
　たしかに動けば、知紘の手がわたしの身体に触れること
になる。
　うぅ……完全に知紘のペースだ。
　するとここで自由人知紘は、とんでもないことを言う。
「……ボタンってさ」
「う、うん」
「必要？」
「そ、そりゃ、まあ……」
「……僕はいらないと思うけどね」
「どうして？」
　こんなくだらない会話をしている間に、ブラウスの最後
のボタンが外れた音がして。
「……脱がしにくいから」
　身体をくるりと回されて、唇を押しつけられた。
　最近いつもこうなる。
　寝起きの知紘は加減ってものを全く知らない。
　だから自分がしたいようにやる。
「んぅ……っ、待って……」
「……キスしてる時にしゃべっちゃダメ」

しゃべっちゃダメって言われても。
　そもそも口をふさがれていたら、しゃべれるわけなんかない。
　強引なのに甘い……。
　その甘さからなかなか抜け出せない。
　こうなったらもう、知紘が満足するまで待つしかない。
「……あー、そんな格好で甘い声出されたら止まんない」
　今さらながら自分の格好に気づき、恥ずかしくなってバッと隠す。
「今さら？」
「み、見ちゃダメ……っ！」
「なんで？　可愛いじゃん白……」
「そ、それ以上しゃべるなぁ!!」
　最近の知紘はほんとこんな調子で、前よりデリカシーのなさが増しているような気がする。
　それと、結構強引……。
　結局、知紘が満足するまで放してくれず。
　いつもなんとか遅刻だけはしないできたのに、今日は知紘の自由さが全開すぎた。
　高校生活始まって以来初めてホームルームに間に合わず、2人そろって遅刻してしまいましたとさ。

「……まーだ怒ってんの？」
「むぅ……だってわたし、遅刻だけはしたことなかったんだもん!!」

ただ今お昼休み。
　今日は珍しく知紘が２人で食べようと誘ってきたので、屋上で一緒にお昼休みを過ごしていた。
「別に遅刻したくらいで、そんな落ち込むことないでしょ」
「だ、誰のせいだと……！」
　悪びれた様子もなく、さっき屋上に来る途中に自販機で買ったコーヒーを飲んでいた。
「そりゃ、あんな可愛い声出す美依が……」
「あー!!　もうしゃべらないで！」
　また思い出しそうになって、知紘の発言を全力で止める。
　そんなわたしを見て楽しそうに笑っている自由人。
「あ、そーだ。これ、美依が好きなメロンパンとミルクティー」
　購買に自分のお昼ごはんを買いに行ったついでに、わたしのも頼んでおいた。
　なんでもいいとは言ったけど、どちらもわたしの好きなもの。
「……なに、その不満そうな顔。もしかして外した？」
「悔しいくらい当たってる」
「じゃあ、素直に喜んで受け取りなよ」
「なんか知紘の思いどおりで気に入らない」
「何それ」
　朝の遅刻だって、ほんとなら拒めたはずだ。
　押し返して抵抗して……それができたはずなのに、拒めなかった自分がいたのも事実。

きっと知紘はわかっている。
　わたしが拒めないってこと。
　わたしが知紘の甘さに、完全にはまってしまっていることを知っているはず。
　全部、知紘の思惑(おもわく)どおり。
　平然とした顔でパクパクとパンを食べ始めた知紘の隣に、ストンと腰を下ろす。
　お昼休みだっていうのに、屋上には全然人がいない。
　2人っきり。
「ん、やっぱりこのメロンパン最高！」
　久しぶりに購買のメロンパン食べたけど、やっぱり美味しいなぁ。
「へー、どれ1口ちょーだいよ」
「1口だけだよ？」
　知紘のことだ、どうせ1口とか言って、ガブッと食べちゃうんだ。
　だから念には念を押しとかないと。
「ん、いいから早くちょーだい」
　メロンパンを持っていた手をつかまれて、そのままカプッとかじられた。
「あー！　1口とか言ったくせにすごい食べてるじゃん！」
　やっぱり結構食べられた。
　1口でかすぎだよ!!
「いいじゃん別に。ほら、僕のあんぱんあげる」
「いらない！　あんこ嫌いなの知ってるでしょ？」

あぁ、わたしのお昼ごはん減っちゃった。食べ物の恨みってやつは怖いんだよ!!
「もう、バカバカ!!」
　平然とした顔で、あんぱんを食べる知紘の胸を軽く叩く。
　しかし、身を乗り出しすぎたのか。
「うわっ、ぎゃっ!!」
　知紘の身体が倒れて、そのままわたしがその上に乗っかってバランスを崩した。
　あ、あれ？
　これだとわたしが押し倒してるみたいじゃない⁉
「へー、押し倒してくるとか積極的じゃん」
「ち、違うの！　これは勢いでこうなっちゃってるの！」
　早くどかないとって思って、起き上がろうとするのに。
「……せっかく２人っきりだし」
　知紘の両腕が腰に回ってきて、身動きがとれない。
「キスでもしとく？」
「なっ！　す、するわけないでしょ！」
　万が一、誰か来たらアウトだから！
　いや、今来てもアウトだけれども！
「……せっかく美依が押し倒してくれてるのに？」
「言い方どうにかしてください」
　完全に面白がってる。
　この状況を楽しんでる。
「今誰か来たら確実に美依が僕のこと襲ってるようにしか見えないだろーね」

「うっ……だ、だからどきたいの!」
　今だって、自分の身体を腕で支えるのに必死なんだから。
　それも気づいてて、わざとこんなこと言ってきてる。
「……じゃあ、このままキスして」
　そう言いながら顔をグッと近づけてきた。
　この整った顔を目の前にすると、心臓がバクバクと速いスピードで動き出す。
「っ、できない……」
「……軽くでいいから」
　そもそも自分からキスとかできるわけがない。
　いつも知紘は自然にするけど、自分からするってなると、どうやったらいいのかわかんない。
「あ、朝もしたでしょ……っ」
「あれは僕からだし」
　なんとか逃げ道を作ろうとするけど、そう簡単には許してもらえない。
「だ、だって知紘みたいに上手(うま)くできないもん……っ」
「別に上手いも下手もないし」
　なんだか慣れているような感じだし。
　キスをする前のそらさない視線、キスをしてる時にさりげなく絡ませてくる指、キスをした後の熱を持った瞳。
　全部、知紘は慣れてるとしか思えない。
　わたしみたいに動揺したり焦ったりしない。
　それはわたし以外の女の子と、たくさんそういうことをしてきたから?

だからこんな風にいつも余裕なの……？
　あぁ、やだ……なんかモヤモヤしてきた。
　わたしは全部、知紘が初めてなのに。
　知紘は違う……？
　わたしが彼女いないって思い込んでいただけで、ほんとはいたのかな……？
　手を繋ぐのも、ギュッてするのも、キスするのも、それ以上のことも……。
「っ……」
「どーしたの」
　じんわりと視界が涙で滲んできたのがわかる。
　ここで思った。
　わたしはなんて心が狭いんだろうって。
　もし、過去に知紘が女の子とそういうことをしていても、それは紛れもなく過去のことで、今はわたしのことを見てくれている。
　それなのに……。
　どうして、過去のことにヤキモチ焼いて、モヤモヤしてるの……？
「……そんなにキスしたくない？」
「ち、ちが……っ」
　泣き出したから誤解されてしまった。
　キスがしたくなくて泣いてるんじゃない。
　ただ……わたしが変なところで勝手にヤキモチを焼いているだけ。

「じゃあ、どーしたの？」
　ずるい……こういう時だけ優しい声のトーンで聞いてくるなんて。
「……言ってよ、美依が泣いてるの見たら不安で仕方ない」
　心配してくれてる。
　表情や、声のトーン、仕草が全部。
　そんな知紘に甘えて、すべて言ってしまいたくなる。
「ちひろは……っ」
「うん」
「な、なんでそんなにキスが上手なの……っ？」
「は……？」
　思いきって聞いてみたら、なにその質問みたいな顔をされた。
「いろんな子と、今までたくさんそういうことしてたんでしょ……っ？」
　あぁ、これじゃ知紘大好きのただのおバカさんみたい。
　ヤキモチ焼いてますって言ってるようなもんじゃん。
「……妬いてんの？」
「っ……ぅ……」
「可愛いじゃん」
「ば、バカにしてるでしょ」
　なんでそんな嬉しそうな顔するの。
「ほんと可愛い」
　ついに腕の力にも限界がきて、知紘の胸におもいっきり顔を埋めた。

「うぅ……バカッ……ごまかさないで」
「バカは美依のほうでしょ」
「意味わかんな……」
「……僕に彼女がいたことなんて一度もなかったでしょ？
それに、美依以外の子なんか興味ないし」
　っ……、ダメだ。
　今のはドキッとした。
　知紘の何げない言葉には、たまにとんでもない胸キュン
ワードが不意打ちで出てくるから心臓に悪い。
「だいたいさー、キスが上手いとか言うけど、美依が下手
なだけでしょ」
「な、にそれ」
「まあ、いまだにキスの時息止めてる必死な美依も可愛い
けど」
　き、気づかれてたのか。
　だって、キスしてる時っていつ息したらいいか、わかん
ないんだもん。
「……これからたくさん練習する？」
「し、しないっ！」
「へー、しないんだ。じゃあずっと下手なまんまだね」
「ぅ……」
　そんなストレートに下手って言わなくてもいいじゃん。
　わたしだって必死なのに。
「いつまでも、軽い子供みたいなキスしかしないと思わな
いでねってこと」

「へ……?」
　か、軽いって……。
　今でも、なかなかなキスしてませんか?
「……もっとさ、すごいのしよ」
「っ!?」
　驚いて埋めていた顔を上げたら、チュッと軽く唇が当たった。
「……ほら、できた」
　この満足そうな顔に、わたしは一生敵わないんだと思い知らされた。

伝えなきゃいけないこと。

　突然ですが、今わたし壁ドンされています。
　目の前には、すごく険しい顔をした知紘。
　後ろはひんやりとした固い壁。
　普段から拗ねるような顔をすることがあっても、こんな険しくて、怒っている顔はあまり見たことがない。
　かなり、かなり追い込まれてます。
「なに考えてんの？」
「い、いや！　これにはわけがあって！」
「……楽しそーな顔してあいつと一緒にいるとかさ」
　違う、違う！　完全に誤解されている！
　ちなみに、なぜ知紘がこんなに怒っているのかというと。

　──数時間前のこと。
　わたしはある人と一緒に、校舎から少し離れたところに来ていた。
　きちんと話をしなくてはいけない人がいる。
　お昼休み、教室だと話しづらいと思ってわざわざ呼び出して時間を割いてもらった相手。
　それは……。
「いきなり呼び出しちゃってごめんね……青井くん」
　そう、青井くん。
　今までずっと、ちゃんと話せていなかった。

いろいろあったから、青井くんにもきちんと話さないといけないと思っていた。
　ちゃんと自分の気持ちを伝えて、踏んぎりをつけなきゃいけない。
　青井くんには散々迷惑かけて、告白の返事もせずに引き延ばしていたから。
　わたしは青井くんのことを考えずに自分のことを一番に優先して、結局青井くんを傷つけるかたちになってしまった。だから、きちんと謝らないといけない。
「なんか話すの久しぶりだね」
「そ、そうだね」
　あれから全然話すことができなくて、今ちゃんと目を合わすこともできない。
　自分から呼び出しといてうまく話せないって……。
　きっと、もう青井くんはすべてをわかっている。
　わたしが今から話すことすべて。
　だからこそきちんと話をしようとすると、とても緊張する。何を言われたって仕方ないって覚悟はしてる。
　ギュッと手を握ると変な汗が出てきて、余計に焦りを感じる。
　落ち着いて、自分の気持ちを伝えなきゃいけない。
　スゥッといったん深呼吸をして、下に向いていた目線を青井くんに合わせる。
「そんな緊張しないで。美依ちゃんの緊張が移りそう」
「あ、えっと、そうだよね、ごめんね」

あからさますぎる、この動揺っぷりをどうにかしたい。
　話すこともきちんと頭の中に入れてきたはずなのに、いざ本人を目の前にしたら、真っ白になってしまった。
　そんなわたしを見て、察したのか。
「……よかった。美依ちゃんに笑顔が戻って」
「っ……」
　そんな言葉を投げかけられて、返す言葉を失う。
　青井くんの表情を見る限り、無理をさせているのは一目瞭然。笑っているのに、その笑顔が悲しげに曇る。
　あぁ、わたしってほんとに最低だ……。
　こんな素敵な人に、こんな顔させてるなんて……。
「やっぱり、美依ちゃんの隣は小波くんじゃないとダメなんだって、思い知らされたよ」
「…………」
「美依ちゃんを想う気持ちは誰にも負けてないと思ってた。もちろん小波くんにもね。ほんとは、小波くんがいなくても、俺が美依ちゃんのそばにいれば、俺が幸せにしてあげられるって自信だけは無駄にあってさ。でも、それは俺の勘違いだった」
　上を向いてははっと笑う姿を見ると、胸がさらに痛む。
「俺がどう頑張っても小波くんには敵わない。きっと美依ちゃんにとって、小波くんはかけがえのない存在なんだろうなって」
「ご、ごめんなさい……っ」
「謝ることじゃないよ。けど、ほんとは少しだけ期待して

たんだ」
「え……？」
「小波くんと美依ちゃんがうまくいってなかった時、このまま押しきれば、美依ちゃんが俺のものになってくれるかもしれないって……。弱いところにつけ込んだ俺ってどうなんだろうね」

　違う……わたしの心が弱いから。青井くんの気持ちをきっぱり切ることができなくて、優しさに甘えて、自分の気持ちをはっきりさせることができなかった……。

　わたしが知紘に対する気持ちにもっと早く気づくことができていたら、青井くんをこんな風に傷つけることはなかったかもしれない。

　悪いのは青井くんじゃない。

「だから、そんな俺に美依ちゃんは謝る必要なんかないんだよ。むしろ美依ちゃんの気持ちを考えたら身を引くべきだった」
「そ、そんなこと……っ」
「最初から無理だってわかってたのに、身を引けなかった自分は、本気で美依ちゃんのことが好きだったんだと思う」
「っ……」
「ごめん。そんな顔させたかったんじゃないんだ」

　うまく表情が作れない。

　こういう時、その場に合った表情が、自然にできればいいのに……。

「今はさ、こうやってぎこちない感じでしか話せないかも

しれない。俺もすぐにはこの気持ちが消せるとは思えないんだ。こんなの俺の勝手かもしれないけど……」
　グッとまっすぐな視線がこちらを見つめる。
　しっかりと瞳が合った。
　そして……。
「……また、前みたいにクラスメイトとして、友達として接してほしい」
　っ……、勝手なんかじゃない。
　最後まで青井くんはわたしのことを考えて、こんなこと言ってくれているんだ。
「ほら、そんな顔しないで」
「だって、わたしがちゃんとしてなかったから……。もっとちゃんと青井くんのこと考えてたら……」
「考えてたら俺のこと好きになってた？」
　あ……またわたしはバカなことを。
　青井くんの言葉に取り乱してしまった。
「ほんと素直でわかりやすいね」
「っ、ご、ごめんなさ……」
「ほら、そうやってすぐ謝らない」
　気づいたら謝る言葉しか出てこなくて。
　そんなわたしに青井くんはいたずらっぽい笑顔でこんなことを言う。
「次に謝るようなことしたら、キスしちゃうよ？」
「ん……？　……えっ!?」
　とんでもないことを言うものだから、声が裏返ってし

まった。
「そんな声出る？」
　ははっと、心から楽しそうに笑っていた。
「び、びっくりしたから……」
「冗談なんだけどなー。それを本気でとらえちゃうところがほんと素直だよね」
　そういうことをさらっと言えちゃうほうがすごいよ。
　さっきまで重い空気だったのに、今のでふわっと軽くなったような気がした。
「素直なところしか取りえがないもので」
「ははっ、たしかに言えてるかも」
　地味にグサッときた。
　いや、わたしにグサッとくる資格なんかないか。
「なーんてね。美依ちゃんは素直なところも素敵だけど、それ以外のところでも、たくさん魅力があるって俺は思うよ」
「っ！」
「あれ、今ドキッてしたでしょ？」
「え!?」
「ほんとわかりやすいね」
「うっ」
　この単純な脳みそどうにかしてください。
　わたしを見て笑っていたかと思えば、ふと視線を外して、何かを見つけたみたい。
　今度は、何か企んでいるような笑みを浮かべながら「最

後の悪あがきでもしとこっかな」なんて言っている。
「美依ちゃん」
　返事を返す暇もなく腕を引かれて、ふわりと軽く抱きしめられた。
　そして耳元でボソッと囁く。
「最後の悪あがきだから」
「へ？」
「どんな反応してるか気になるけど、あとは美依ちゃんに任せるね」
「？」
「たぶん、今これ見て妬いてると思うから」
　青井くんの言っていることが、いまいち理解できず。
　何事もなかったかのように、青井くんはその場を立ち去ってしまった。
「あとは大変だと思うけど頑張って」
　と、意味深な言葉と笑顔を残して。
　何はともあれ、青井くんのことが解決できてとりあえず一安心した。
　解決できたというか、結局わたしのことを考えてくれた青井くんのおかげだ。
　ほんとに感謝してもしきれない。
　これからも、青井くんとは前みたいな関係に戻れたらいいな……なんて1人考えながら校舎の中に入った。
　……そう、ここまではとても平和に終わったかのように見えた。

しかし、すぐに次の問題が襲いかかってきた。
　廊下を歩いていると、突然角から腕を強く引かれた。誰だか確認する暇もないくらい。
　何事かと思って腕を引いた本人を見ると。
「え……知紘!?」
　なんとそこにいたのは知紘だった。
　突然現れるものだからびっくりした。
　って……。
　な、なんかすごい険しい顔してるのは……気のせい？

　——こうして現在に至るわけで……。
　後ろは固い壁だし、前にはわたしの全身を覆うくらい大きな知紘の身体。
　逃げ場がどこにもない。
「あ、あのさ。と、とりあえず放し……」
「……ほんとムカつく」
「え……んんっ」
　ひと言ボソッとつぶやき、顎にスッと綺麗な指が触れたと思ったら、簡単にクイッと持ち上げられ、荒く強引に唇を重ねてきた。
「ちょっ、ここ学校……っ」
「……黙って」
　逃れようとするのに、それを許そうとしてくれない。
　こんなの、おかしいよと思いながらも、強引なキスに夢中になっている自分がいるなんて。

「はぁ……っ」
　いつになったらキスってものに慣れるんだろう。
　わたしはこんなに余裕がないのに、知紘はまだ物足りなそうだ。
　それを証拠に、また顔を近づけて。
「……もっとしたい」
　唇をそっとなぞられると、身体がゾクッとする。
「だ、ダメ……っ」
「……なんで」
「く、苦しいのやなの……っ」
　いつまでたっても知紘のペースに慣れない。
　ついていくのに必死。
「あー……もうほんと可愛い」
　ギューッとこれでもかってくらい抱きしめられて、つぶれそう。
「く、苦しい苦しい……！」
「可愛すぎる美依が悪い」
　なんじゃそりゃ。
「……可愛い美依を知ってるのは僕だけでいいの」
　……知紘って意外と独占欲ってやつが強かったりする？
「ち、知紘にしか見せない……もん」
「嘘つき。さっきあいつともこーやってたくせに」
「へ……!?　あ、あれ見てたの!?」
　慌てて抱きしめられる腕を離して、知紘の顔を見ると、いじけた顔をしていた。

「見てた。てか、なんであいつと２人っきりでいたわけ？」
　相当ご立腹のよう。
　口調がいつもより強いし、早口になっている。
「あ、あれは……その、青井くんにちゃんと伝えなきゃいけないことがあって。教室じゃ話しにくいかなって思って」
「んで、どーやったら抱きしめられる流れになるわけ？」
　うーん、それはわたしも想定外だったから……。
「ほんとムカつく……」
　そういえば、青井くんさっき何か見つけた途端、妙なこと言ってたっけ。
　最後の悪あがきだからとか、大変だと思うけど頑張ってとか。
　ま、まさか知紘がそばにいたってこと知ってた？
　さっきの青井くんの笑みを思い出したら、ありえそうな気がしてきた。
「もう……青井くんってば」
「チッ……」
「そんな舌打ちしなくても」
「……うるさい」
　すぐ拗ねるんだから。
　だけどね、ちょっぴりその拗ねてる姿が可愛く見えたり。
　ヤキモチ……焼いてるのかな？
　嬉しさで、つい頬が緩む。
「ふふっ」
「……笑うところじゃないけど」

「そうだよね。でも知紘が拗ねてるの可愛くて」
「……何それ」
　可愛いって言われたのが気に入らないのか、自分の思いどおりじゃないのが気に入らないのか、さっきよりも不機嫌度が上がっている。
　だけど、そんなことを言っている場合じゃなくなった。
「そのうるさい口ふさぐ」
　もう何度目だろう……こうして顔を近づけられるのは。
「ちょっ、さっきもしたでしょ!?」
　近づいてきた顔を手で押し返してやると。
「ふっ……何されると思った？」
「え、そりゃキ……」
　ま、待て自分!!
　何を言おうとしていた自分!!
　ギリギリのところで止めた。
　危うくとんでもないことを言うところだった。
「へー、キの次は？」
「っ！　い、言わない！」
　どうやら、バレていないと思ったのは大間違いみたい。
　この顔は確実にわかっている。
「期待してたんだ？」
「し、してない……！」
「ほんとに？」
　ジワリと迫ってきて、あと少しで触れそうってところで止まる。

「……あれ、逃げないの？」
　それは知紘からのキスを待ってるから、なんてこと言えるわけなくて……。
「ダメ、すぐそーやって下向こうとする」
「は、恥ずかしい……もん」
　知紘の顔なんて小さい頃からいつも見てるのに。
　ドキドキ心臓がうるさい。
　その音をかき消すように、タイミングよくチャイムが鳴った。
「あー……残念。時間切れ」
　スッとわたしから距離を取ったので、ホッとしたのもつかの間。
「……隙あり」
「っ!?」
　軽く触れて、チュッとリップ音が鳴った。
「油断するからだよ」
　意地悪そうなこの笑みには敵わない。

デート×プチハプニング。

　せっかくの休日だっていうのに、２人で家にこもりきりの今日この頃。
　付き合う前から休みの日は知紘のお家に行って、２人で過ごすのは当たり前だった。
　だけど!!
「ねぇ、知紘。せっかくの休みだからどこか行かない？」
　たまには外に出かけてみたかったり。
　そう、たとえばデートみたいな感じで。
「……行かない。ギュッてしてる」
「うぎゃっ」
　休みの日に限らず、２人きりでいる時の知紘は、ずっとわたしにくっついたまま。
　今も２人でソファに座っているのに、わざわざわたしの後ろに回って、後ろからギュッとしている状態。
　これじゃ、背もたれが知紘になってるよ。
「あ、あのねこうやってギュッてするのもいいけど——」
「美依太った？」
　……みなさん、どう思いますか？
　人が話してる時に、女子が気にしてるお腹の肉を触りながら、そんなことを言ってくるコイツを。
「どこ触ってんの!!」
「柔らかくて気持ちいいから」

「人が気にしてることを……!!」
「へー、気にしてんの?」
　気にしてないわけないでしょ!
　コイツには女心ってやつがわかんないのか!?
「これくらい太ってるほーがいいと思う」
　もうデリカシーなさすぎて、言葉が出てこないんですが。
「それはムチムチしてるということでしょーか」
「うん、そーだね」
　すぐさま、近くにあったクッションをおもいっきり顔面に投げつけてやった。
「……痛い」
「ふんっ!!　デリカシーのない知紘なんか池にでも落ちちゃえ!!」
「相変わらずそのバカみたいな発言はどこから出てくるの?」
「う、うるさいなぁ!!」
　バカで悪かったですよーっだ!
「あ、池で思い出した。ちょっと行きたいところがあるからついてきて」
「え?」
　突然そんなことを言ったかと思えば、わたしを家から連れ出して外へ。
　あ、あれ?
　さっきまで出かけたがってなかったじゃん。
　それなのに何を思い出したのか、外に出て、電車にまで

乗って。
　いったいどこに行くんだろう？
　行き先を聞いても、内緒としか言ってくれない。
　結局、目的地に到着するまで、どこに行くかわからず。
　これは、デートと呼んでいいんだろうか？
　そんなことを考えていると、電車が目的地の駅に着いて、そこから歩くこと数分。
　着いた場所を目の前にして一瞬、ここどこ？って思ったけど。
「懐かしくない？」
「あ、ここ昔来たところだ！」
　それは、わたしたちがまだ小さい頃。
　初めて2人きりで出かけたのがこの公園だった。
　わたしたちの住んでいる家の近所には小さな公園しかなくて、毎日そこで遊んでいたから飽きてしまっていた。
　そこで、わたしが大きな公園があるという話を聞いて、無理やり知紘を連れてやってきた思い出の場所。
「あの噴水まだあったら面白いよね」
「うっ、それは忘れてよぉ……」
　ここの公園にはとても大きな噴水があって、わたしと知紘が来た時、たまたまその噴水に虹がかかっていた。
　小さい頃のわたしは今よりもっとおバカで、虹はつかめるものだと思っていたのだ。
　そこで噴水にかかっていた虹をつかもうとして、そのまま水の中に落ちた苦い思い出があったりする。

「あれは面白すぎて忘れられない」
「し、仕方ないでしょ！　ってかあの時、知紘が止めてくれれば落ちることなかったのに！」
　知紘ってばわたしが噴水に落ちた後に「虹はつかめないんだよ、バカだね」って言ったんだよ？
　小さい頃からすでに、知紘のこの性格はできあがっていたみたい。
「だって、まさかほんとに虹をつかみに行こうとするなんて思ってなかったし」
「それはそうだけれども」
「そもそも虹をつかめるって発想が僕にはなかったし」
　なんて現実的な子供なんだ。
「そーだ。噴水あったとこ行ってみる？」
「え」
「また、落ちたら面白いよね」
「むっ！　絶対に落ちませんよーっだ！」
　こうして、あの悪夢のような思い出のある場所へ向かったのだった。
「ま、まだあったんだ」
　目の前にある噴水は、昔と何も変わっていない。
　それにしても、まだあったことに驚き。
「今日は虹ないね」
「あったとしても落ちないからね？」
　わたしが落ちるの期待してるよね？
　いや、だけどもうわたし高校生ですよ？

虹がつかめないってことくらい学んでますからね？
「落ちてほしかったのに」
「変なこと言わないで！」
　まったく……。
　少し奥に進むと広い芝生(しばふ)があって、家族で来ている人たちがちらほら。
　あんまり人いないんだなぁ。
　昔、来た時は結構人がいたと思ったのに。
「ここで昼寝したい」
「え、ここで!?」
　わたしが驚いている間に、ドサッと音がして芝生に寝転がってしまった。
　ええ!?　本気で寝るつもり!?
「美依もどう？」
　どう？って聞かれても。誰かさんみたいに、どこでも寝られるタイプじゃないので。
　だから、寝転がる知紘の隣に腰を下ろした。
　見上げると綺麗な青空。
　ポカポカ暖かくて、お昼寝日和(びより)。
　って、せっかく２人で外に出たのに、結局家にいる時とあまり状況が変わらない気がするんだけど！
　このくつろいでる感じとか。
「これってデートになるのかなぁ……」
　ボソッと独り言のようにつぶやく。
　どうせ、隣で寝ようとしてる人には聞こえていないだろ

う……そう思っていたのに。
「……んじゃ、デートっぽいことする？」
「え？」
　あれ、聞いてたんだ。
　ってか起きてたんだ。
「せっかくだからイチャイチャしよ」
　いやいや、ここ外ですけど？
　子供たち遊んでますけど？
「こ、こんなところでイチャイチャなんかできるわけないでしょ！」
　場所を考えてよ！
「美依がデートっぽいことしたいって言ったんじゃん」
　だからってなんで、デート＝イチャイチャするという発想になっちゃうかな？
「もっと、こう……あ!!　あれ乗りたい！」
　わたしが見つけたのはボート。
　一度でいいから、足漕ぎ式のスワンボートじゃなくて、手漕ぎのボート乗ってみたかったんだよね！
「……あんなのめんどくさい」
「えぇ！　いいじゃん！　２人でボートとかデートっぽくない？」
　うんうん、デートっぽいよ！

　──というわけで。
　嫌がる知紘を引っ張って、いざ手漕ぎボートへ！

「……うわ、見るからに体力使いそう」
　ボートに乗る前からこんなこと言うのどう思いますか？
「いいよ、じゃあわたしが漕ぐ！」
　するとボートを貸し出してくれるおじさんが。
「小柄なお嬢ちゃんじゃ厳しいかもしれないぞ？」
「うっ、頑張ります！」
　やる気のない知紘は放っておいて、わたしはボートを楽しむんだもん！
「漕ぎ方とかはわかるかな？」
「イメージで頑張ります！」
「……イメージとか美依できるの？」
「知紘は黙ってて!!」
　変なところで突っ込んでくるんだから。
「じゃあ、30分経ったらこっちにボート返却しておいてね」
「はぁい」
　こうして無事にボートを借りることができた。
「うぅぅ重いぃい!!」
　いざ、ボートを漕いでみたはいいけど、意外と重くて苦戦する。
「誰かさんがイメージでどうとか言ってたよね」
「う、うるさいなぁ」
　難しいんだよ、見た目より！
　知紘こそわたしのことバカにしてるけど、絶対できないよ、これ！
「しかもボート乗ってる人そんなにいないから、みんなに

見られてるし」
「うっ」
　変に目立ってしまって恥ずかしい。
「んで、進まないし？」
「頑張ってるもん！」
　強気で漕いでみたら、今度はボートが変なほうを向いてしまった。
　簡単そうに見えて、案外とても難しかった。
　手漕ぎボートなめてました……。
「ほら、貸して」
「え、やってくれるの？」
　さっきまで散々嫌がってたくせに。
「ん、いいよ」
「やったぁ！」
　って、喜んで立ち上がったのがいけなかった。
　ここはボートの上です。
　とても、とても不安定なんです。
　グラグラ揺れるんです。
　まずボートで立ち上がるバカなんていないよね。
　──そう、わたしを除いては……。

「……くちゅん!!　うぅ……」
　見事に、ボートから池にぽちゃっと落ちてしまいましたとさ。
　まさか落ちると思っていなかった知紘は、唖然としてい

た。すぐに知紘に救出され、ボートを返し、近くにあったホテルに一時的に避難。

濡れた服はホテルのコインランドリーで乾かしている。

その間、着るものがないわたしは、ホテルの人が貸してくれたパジャマのようなものを着ている。

「……まさか池に落ちるとは想定外だった」

「うぅ、真顔で言うのやめてよ！」

とりあえずホテルの一室を借りて、わたしを真顔で見つめる知紘を睨んでやった。

わたしだって想定外だっての！

「なんでボートの上で立ったの？」

「それはわたしにもワカリマセン」

「やっぱ、美依と出かけると何かしらハプニングがあるから楽しいよね」

人が池に落ちて大変だったっていうのに。

それを楽しいって言う、この人はどういうつもりなんだろう？

こんなことなら、ボートごと転覆させる勢いで落ちればよかったかも。

「ってか、とりあえずシャワー浴びてきたら？」

「……そうする」

季節的に、そんなに寒い季節ではないとはいえ、さすがに池に落ちたら寒い。

言われた通り、シャワーを浴びることにした。

シャワーを浴びて戻ると、ベッドに横になってスヤスヤ

眠る知紘。
　これじゃ、いつもの休みの日と全然変わらない。
　ただ場所が違うだけ。
　せっかく2人で出かけたのに。
　そんなスヤスヤ眠る知紘のベッドの横に腰を下ろす。
　ギシッとベッドが軋む音と、わたしの気配で目を覚ましたのか「身体温まった？」と、すぐに腰に知紘の腕が回ってきて、ギュッと抱きつかれた。
「温まったよ」
「ほんとに？」
　うんって返そうとしたのに、その前に身体ごとベッドに倒されてしまった。
「やっぱ美依って抱き心地いいよね」
「太ってるからでしょ？」
「そーだね」
　こ、コイツ……!!
　平気で人のことデブ発言してきてるし!!
　だけどほんと悔しいのが、知紘にこうして全身を包まれるように抱きしめられて、ホッとしている自分がいる。
　この温もりが一番心地いい。
　ギュッと、抱きついてきた知紘にしがみついた。
「積極的じゃん」
「う、うるさいなぁ！」
「可愛いから全然いいけど」
　こうして、結局わたしの服が乾き終わったのは夕方より

少し前の時間帯で、帰るまでずっと２人で寝てしまった。
　ほんといつもと変わらなさすぎて。
　だけどそんな風に、２人でのんびり過ごすのが好きだったりするのかもしれない。
　ちょっとハプニングもあったけど、たまには外で過ごす休みの日もありかな？
　いつか、ちゃんとしたデートができたらいいなぁ、なんて思った帰り道だった。

独占欲はかなり強めです。

「美依、ちょっと待って!」
　放課後、知紘と帰ろうとしたら、何やら慌てた様子の華に声をかけられた。
「どうしたの?」
「今から時間ある?」
「え、今から?」
「そう、今から」
　とくに何も用事はないけど、チラッと隣にいる知紘をうかがう。
「ねぇ、小波くん。今日くらい美依のことわたしに貸してくれてもよくない?」
「…………」
　華の問いかけに、無言のままむすっとしている。
「ねぇ、小波くんってば」
「……僕の美依をどこに連れていく気?」
「どこって、別にどこでもいいでしょ?」
「ふーん」
　おっ、なんだか許してくれそうな気がする。
「美依」
「なぁに?」
「夕方の6時までに帰ってきて」
　どうやら門限があるようです。

「わ、わかった。なるべく早く帰るようにするね」
　こうして知紘の許可が下りて、華と2人で出かけることになった。
　行き先は教えてくれず。
　とりあえず、ついてきてくれればいいとしか言ってくれない。
　そんな華と電車に乗っている時。
「なんかさ、付き合い始めてから溺愛度(できあい)が増してるよね、小波くん」
「え、そうかな？」
　もうだいぶ前になるけど、華には知紘にちゃんと気持ちを伝えて、無事に付き合えたことを報告済み。
　もちろん、青井くんのことも。
「ただでさえ美依のこと大好きなのに、最近はそれが増してるわ」
「えへへっ、それだったら嬉しいな」
「うわー、幸せそうな顔しちゃって」
　それからいろいろ話しているうちに、降りる駅に着いたみたい。
　すぐに目的地に行くのかと思ったら「はい、そこに座って」と、なぜか駅のベンチに座らされた。
　華も隣に座るのかと思ったら、荷物を置いただけ。
「ほら、可愛くするからじっとしててね」
「え？」
　何をされるのかわからないまま、華に言われた通りに

じっとしていること数十分。
「はい、できた。うん可愛い可愛い」
「えっとー、なぜにメイクを？」
　鏡の自分を見てびっくり。
　メイクなんてしたことないもんだから、鏡に映る自分が自分じゃないみたい。
「まあ、美依は素でも十分可愛いけど、メイクするとやっぱ可愛さ増すわねー」
「いや、だからね、メイクしてる理由を……」
「あっ、やば。もうこんな時間だ。急ぐよ」
「ええ、ちょっと!!」
　結局どこに連れていかれるのか、どうしてメイクをしなきゃいけないのか、さっぱりわからないまま。
　連れてこられた場所はカラオケだった。
　あ、なんだ。カラオケに行きたかっただけか。それなら言ってくれればよかったのに。
　って、この時までは思っていた。
　そのまま部屋に入って、華と２人かと思いきや。
　個室の扉を開けると、すでに数人の男女がいた。
　え、なにこれ。
　華ってば、もしかして入る部屋間違えたんじゃない？
「あー、由梨遅れてごめんごめん」
　なんと、そのままわたしの手を引いて、その部屋に入っていく。
　『遅れてごめん』ってどーゆーこと!?

「もう華ってば遅いじゃん！　あ、もしかして、その子が代わりに連れてきてくれた子？」
　メイクばっちりの由梨ちゃんって子が、わたしを見てそう言った。
「そうそう。この可愛さなら由梨も文句ないでしょ？」
「うんうん、ありがとね！」
　あのー、さっきからお２人で会話してますけど、わたしにこの状況の説明ってやつはないのですか？
　わたしは華に小声で抗議(こうぎ)する。
「ちょっと華！　これどーゆーこと？」
「ん？　どーゆーことって合コン？」
「は、はぁ!?　ご、合コン!?　そんなの聞いてないよ!!」
「言ったら来てくれなかったでしょ？」
「あ、当たり前じゃん!!」
　こんなの知紘にバレたら大変なことになるよ!?
「ごめんごめん。１人急に来られなくなった子がいてさ。数合わせでどーしても美依に来てもらいたくて」
「ご、合コンなんてダメだよ！　バレたらわたし知紘に怒られちゃうよ！」
「だいじょーぶ。座ってるだけでいいから、ね？」
　座ってるだけって。
　もうすでに盛り上がってるんだから、座ってるだけじゃ済まないよね？
　もし、知紘にバレたらどうしてくれるの!?
　なんて華と会話をしている間にも、周りはさらに盛り上

がり始めていて。
「よーしっ！　じゃあ自己紹介からいこっかー！」
　今さら抜け出せる余地ゼロ。
　由梨ちゃんの一声で、もう引き返せないところまで来てしまった。
　仕方ない……なるべく目立たないように、こっそり端っこにでもいよう。
　男の子５人に、女の子がわたしを入れて５人。
　タイミングを見計らって抜け出そう。人数が多いから、１人くらい抜けてもわかんないだろうし。
　みんながどんどん自己紹介をしていって、わたしも目立たないように軽く自己紹介。
　それから座る場所をチェンジして、なんとか端っこをキープできた。
　みんなが盛り上がって、歌ったり話したりしている中、１人でポツンとジュースをぐびぐび。
　このまま誰とも話さず平和に終われたらなぁって考えていたんだけど……。
「美依ちゃんだっけ？　よかったら俺と話さない？」
　隣に座っていた男の子に話しかけられてしまった。
　ほんとはあんまり話したくないけど、断ることもできないしなぁ。
「美依ちゃんってさー、めちゃくちゃ可愛いよね！」
「へ、うわっ近い近い!!」
　いきなり肩を組まれて、距離が近くなる。

初対面なのにこんな触ってくる人いる？
　あぁ、なんだかとんでもない人に絡まれてしまった。
「そうー？　これくらい普通だよ」
　これが普通だったら世の中おかしくなっちゃうよ。
　チャラい。
　まさに見た目からしてそんな言葉が似合う。
　たしか、河本(かわもと)くんだっけ？
　さっき自己紹介してた時一番ノリがよかった男の子。
　わたしの苦手なタイプだなぁ……。
　ただ座っているだけならよかったのに、こうもベタベタ触られると困る。
　誰にでもこういうことしてそうだし。
「か、河本くん？　あのほら、あっちに他の女の子いるし。わたしちょっと、ジュース取りに……」
「ほーら逃げようとしたってダメ。あと河本くんじゃなくて風馬(ふうま)って呼んでね？」
　なんとかこの場から逃げようとして考えた言い訳も効果はなく。
　ため息が漏れそうになるのを我慢していると、ずーっと河本くんはわたしから離れず、いろんなことを話す。
　こういう子が好きだとか。
　絶賛彼女募集中だとか。
　自分の好きなバンドの話とか。
　よくしゃべる男の子。
　残念ながら、わたしは河本くんの話に興味がない。

だけど聞かないのも申し訳ないと思って、話を黙って聞いていると、たまに「聞いてる？」って聞かれ、慌てて相づちを打つ。
　とにかく、とても疲れる2時間だった。
　やっと解放されたと思って帰ろうとしたら、河本くんが送っていくと言っている。
　なんとかそれを振りきって、ダッシュで家まで帰った。
「はぁ……疲れた……」
　マンションのエレベーターにたどり着いた頃には、もうクタクタ。
　とくに何かしたわけじゃないのに。
　なんなの、この疲労感。
　もう、顔の筋肉が動かない。
　ずっとニコニコしながら話を聞いていたせいか、もう頬が上がらない。
　しかも、ずっと近くでベタベタ触ってくるもんだから、それをさりげなく避けるのも大変だった。
　心なしか、河本くんのつけていた少しきつめの香水の匂いが、自分からする気がする。
　時間を確認すると、夕方の6時前だった。
　なんとか門限は守れたっぽい。
　いったん家に帰って、着替えてメイクを落としてから、知紘のところに行こう。
　そう決めて家の扉を開けた。
「ただいま」

おかしいなぁ。返事がない。
　お母さんもう帰ってきてるはずなのに。
　奥に進むと、リビングの電気がついてるのが見えた。
　なんだ、テレビ見てて気づいてないのかな？
「おかーさん？」
　って、安易にリビングの扉を開けるんじゃなかった。
「おかえり」
「ただいま……って、なんで知紘がいるの!?」
　嘘、わたし入る家間違えた!?
　あまりの疲労で、隣の知紘の家に入ってしまったのか!?
　いや、だけどここはたしかにわたしの家だ。
　ん？
　じゃあなんで知紘がここに？
「美依のお母さん今日遅くなるって」
「え、そうなの？」
「うん、だから美依のことよろしくって」
「あ、そうなんだ」
　なんだ、じゃあ連絡くらい入れといてくれればいいのに。
　ふぅ、と一呼吸置いてから、
「じゃあ、わたし着替えてくるね」
　そのまま、その場を立ち去ろうとしたけど。
「待って」
　動きを止められて、振り返ると真顔でこちらをジーッと見つめる知紘。
「え、どうしたの？」

「……なんかいつもと違う」
「何が？」
「美依が」
　いつもと違うって、別にいつもとなんにも変わらな……あっ、しまった。
　さっきまで、メイクを落とすことが頭の中にあったのに、知紘が家にいることに驚いて、すっかり忘れていた。
　しまったぁぁ……メイクしたままだ！
　至近距離でまじまじと見つめてくるから、後ずさりをしてなんとか避けようとする。
　昔から、わたしのちょっとした変化にすぐ気づくから、メイクなんかしてたら絶対にバレる。
　で、案の定。
「……メイクしてる」
　あっさりバレました。
「や、えっと、これはね」
　な、何か言い訳を考えねば！
「……いつも可愛いのに、なにもっと可愛くなってんの」
　むにゅうっと頬を手で挟まれた。
「ぅ……いひゃい!!」
「あー……もう可愛すぎてほんと無理」
　しまいには、いつもの抱きしめられちゃうパターン。
「く、苦しい苦しい!!」
　抱きしめる力が強すぎる！
　知紘のほうが背が高くて、わたしが小さいから強く抱き

しめられると、わたしがエビ反り状態になってしまう。
　すると、何やら知紘の肩がピクッと反応したのがわかる。
　そしてすぐさま、わたしを放す。
　何か気に入らないことがあったのか、みるみるうちに顔色が曇っていった。
「ちひろ？」
「……なんか香水の匂いがする」
　ま、またしてもわたしはやってしまった。
　さっき自分でも気づいていた、河本くんの香水の匂い。
　こんな至近距離にいたら、気づくはずなのに、やってしまった……。
「ちょ、ちょっと着替えてくる！」
　慌てて着替えに行こうとするけど不自然すぎて、知紘はそれを許すわけもなかった。
「はい、逃げるのダメ」
　そのまま壁にドーン。
　これは何があったか言うまで放してもらえそうにない。
「ぅ……は、放して」
「っ……、上目遣いとかずるい」
「あ、あのいったん着替えだけでも……」
「……んじゃ、着替えさせてあげる」
「は、は……い？」
　ちょっと待て！
　この人なに言ってるかわかってる!?
「ほら、ばんざーいして」

もうすでに、わたしが着ているカーディガンを脱がそうとしている。
「ま、待って……！」
　あっさりカーディガンを脱がされて、バサッと落ちた音がする。
　そのままスカートの中に入ったブラウスを引っ張った。
「ど、どこ触ってんの!!」
「スカート短すぎだし」
　って、人の話聞いてる!?
　こ、このままだと確実にまずい！
　一度暴走し始めると止まらない。
　なんとかして止めなくては、わたしの身が危険だ！
「こんな可愛い格好して男でも誘惑してたの？」
「ゆ、誘惑なんてしてない!!　だって河本くんが……」
「……河本くんって誰？」
　とことんバカだ。どこまでもバカだ。
　ここで河本くんの名前を出すわたしは大バカか？
　もう完全に言い逃れができない状況に追い込まれてしまった。
「えっと、河本くんっていうのは今日知り合った男の子といいますか……」
　うわぁぁ……これはやばい。
　瞳が本気で怒ってる。
　これ以上変なこと口走ったら、それこそわたしどうなるんだろうか。

考えただけでもゾッとしてきた。
「…………」
　無言の重圧……。
　こ、これは正直に話したほうが身のためなのか、それとも隠しきったほうがいいのか……。
「ち、ちひ……」
「……ほんと自覚なさすぎてムカつく」
　簡単に身体を抱っこされて、気づけばソファに押し倒されて身体が沈む。
「……河本くんに何されたのかその口で言ってみなよ」
「べ、別に何もされてな……っ!?」
　話してる途中だっていうのに、ひんやり冷たい手がブラウスの中に入ってきて背中をツーッとなぞる。
「や、やめ……っん」
　ほら、こうやって簡単に唇をふさがれてしまう。
　河本くんに触れられた時は、全然ドキドキなんかしなくて、むしろ早く離れてほしくて。
　身体の熱が引いていきそうなくらいだったのに。
「……そんな可愛い声も聞かせたの？」
　こんなにも違う。他の男の子なんか比べ物にならない。
　あぁ……もうわたしは、とことん知紘に夢中なんだって。
　身体は正直で、それを教えられてるみたいで。
「あー……もうめちゃくちゃにしたい」
　瞳にジワッと涙がたまって、そのまま見つめると、もう知紘は止まりそうになかった。

「……可愛すぎて理性死にそう」
「もう、ダメだよ……っ」
　止めなきゃいけないのに、止めているのに。
「……そーゆーのが煽ってんのわかんない？」
　もう何度目かわからないくらい、キスをたくさん落とされて、ずっと放してくれない。
　息が苦しい……だけど、放してってお願いしてもきっとそんなの通じない。
　むしろ、そんなこと言ったらもっと強く抱きしめられてしまう。
　甘すぎて、溶けちゃいそう……っ。
「はぁ……っ」
　ようやく放してもらえた頃には息が上がっていて、唇が少しヒリヒリする。
　いったいどれくらいの時間そうしていたのかわからないくらい。
「……まだ足りない」
「も、もう無理だよ……っ！」
　また近づいてきて、そんなことを言ってくるもんだから自分の手で口を覆った。
「……なんで？　もっとしたい」
「も、もうもたない……っ」
　そんな欲するような瞳で見つめてくるなんて……。
「んじゃ、今日ずっと離れないで」
「と、泊まるの？」

「僕の家にね」
「で、でも……っ」
「文句言うならこのまま僕の気が済むまで放さない」
「そ、それは困ります……」
「てかさ、早くそれ着替えてきて。他の男の匂いするのほんと気に入らない」
　さっき着替えようとしてたのに、そっちが妨害してきたんじゃん。
「き、着替えてくるからぜったい覗かないでね！」
「……さあ、どーだろ」
　ちゃんと鍵をして、急いで着替えることにした。
　着替えから戻ると、知紘はソファでグダーッとくつろいでテレビを見ていた。
　わたしはココアを作って、知紘の座る横に座り、飲み始める。
　すると突然「彼氏がいるのに合コンに行く彼女どう思いますかだって」と知紘が言い出す。
「ぶっ!!」
　わたしは驚いてココアを噴き出してしまった。
　すぐさま、テレビの画面に視線を向けてみれば、テロップにそう書かれていた。
　どうやらこれをそのまま読んだらしい。
「ほんとわかりやすい」
「げほっ……げほっ！」
「どーせ、人数合わせで合コンにでも連れていかれてたん

だろーけど」
「な、なんでそれを!!」
「あんだけあからさまだったらふつーわかる」
　わたしが飲んでいたココアのコップを奪い取って、そのまま口にした。
「美依は僕がいるのに合コン行ったんだ？」
「うっ、ご、ごめんなさい」
「美依が行ったなら僕も行こーかな」
　意地悪……。
　ニヤッとこっちを向いて。
　ほら、嫌だって言いなよ、すがってきなよって顔でこちらを見てるんだから。
「だ、だってさっき知紘が言った通り人数合わせだったんだもん……」
「んじゃ、僕も人数合わせで行ってもよくない？」
　よくない……もん。
　わかってるくせに、わたしが嫌がってること。
「つ、連れていかれるまで合コンだってこと知らなくて」
「へー、だから？」
　そうやって冷たく突き放してくるなんて。
「だ、だから……知ってたらちゃんと断ってたの……っ」
「うん、で？」
　わざと冷たくして、わたしに恥ずかしいことを言わせるつもりなんだ。
「ち、知紘じゃないとダメなの……っ」

まんまと、知紘の思惑どおりになってしまった。
　すると、フッと声が聞こえて。
「よくできました。僕も美依じゃないとダメ」
　それからその日は、知紘の家にお泊まり。
　ずーっと放してくれなくて、寝るまでとても大変だった。
「……僕ってけっこー独占欲つよいかも」
　なんて言いながら、わたしを抱きしめ続けていた。

甘い時間はこれからもずっと。

　最近ふと思うことがある。
　小波と小波という苗字。
　たとえばだけど、わたしが知紘と結婚したとしても漢字は変わらないんだなぁと。
　読み方は変わるけれども。

「うわー、何それ、のろ気？」
「違う違う!!　ほんとに最近ふと思ったことなの！」
　放課後。
　知紘が先生に呼び出されているため、教室で華とおしゃべり中。
「まあ、たしかに同じ漢字だもんねー。パッと見た感じ夫婦だよね」
「いつも華さんそれでバカにしてきてますもんねー」
「ははっ、ごめんって」
　幼なじみだった頃は、苗字のことなんか気にしてなくて、ただ、よく読み方を間違えられるのが気に入らなかったりしていたけど。
「でもそうだよね。美依は小波くんと結婚しても苗字変わんないのか」
　付き合ってみて、今さらながらそんなことを考えてしまったというわけですよ。

「なんかあれだよね。佐藤さんと佐藤くんが結婚するのとは違う感覚だよね」
　た、たとえが独特すぎる……!!
「ほら、だって佐藤さんは読み方一緒だから変わんないじゃん？　でも美依たちの場合、漢字一緒だけど読み方変わるってなんかいいよね」
「えへへっ、そうかなぁ」
「うわー、幸せそうな顔しちゃって」
　やれやれ、と呆れた様子。
「ほーら、噂をすれば旦那が戻ってきたよ」
「だ、旦那じゃないから!!」
　こうして華と別れて、知紘と帰宅。
　いつも通り、知紘の家で２人まったり過ごしていた。
　今日は、わたしの家にケーキがあったから、それを持参してわたしだけが食べている。
「ん、これ甘くて美味しい！」
「ほんと甘いの好きだよね」
　知紘は甘いものがそんなに得意じゃないから、わたしが食べているのを、頬杖をつきながらジーッと見ているだけ。
「今日授業が難しくて糖分が不足中なのっ！」
　頭使いすぎると糖分を欲するんだよ！
　バカなわたしは人より頭を使うから、今日はとても疲れている。
「へー、んじゃ僕にも甘いのちょーだいよ」
「１口食べる？」

食べたいのかなって思って、ケーキをフォークにのせて、知紘のほうに向けると。
「違う、いらない」
「え、だって甘いのこれしか……」
「……もっと甘いのあるでしょ？」
　自然と顔が近づいてきて、
「……クリームついてる」
　わたしの口についていたクリームをペロッと舐めた。
「っ!?」
　ひぇぇぇ……は、恥ずかしい!!
　こんなのってアリですか!?
　今のやつ、キスよりも恥ずかしかったような気がするんだけど！
「……うわ、甘すぎ」
　プシューッと、顔がゆでダコみたいに赤くなっていくのが自分でもわかる。
「ふっ、顔赤すぎ。そんな恥ずかしかった？」
「あ、当たり前でしょ……っ！」
　もうケーキを食べるどころじゃなくなった。
　さらに、追いうちをかけるように。
「……ねぇ、美依？」
「な、なぁに？」
　また、こうやってわたしに近づいてきて、そのたびに動揺する自分がほんとに恥ずかしい。
　知紘はわたしをジーッと見つめると、器用に唇を指でな

ぞりながら妖艶（ようえん）な笑みを浮かべる。
「美依の唇食べてもいい？」
「はっ、ちょ、なに言って……っ」
　言葉通り、ついばむようなキスをしてくる。
　離れては、くっついて。
　離れた時に息を吸おうと思っても、またすぐにふさがれてしまう。
「もう……っ」
　知紘の行動１つ１つにドキドキさせられてしまうのが悔しい。
「これが僕にとっての糖分だから」
　最後に、自分の唇を舌でペロッと舐めた仕草がなんとも色っぽい。
「へ、変態……！！」
「そんな変態が好きなくせに？」
　うぅ……言い返せない。
　いや、でも変態なところが好きなわけじゃないからね!?
「バカ……っ！」
「……かーわい」
　これからも、ずっとこんな風に知紘にからかわれちゃうのかなぁ。
　だけど、これだけは思うんだ。
　知紘以上の男の子はこれから先、絶対に現れないって。
　いつもやる気なくて、面倒くさがりやで、自由人でデリカシーがない。

だけど、誰よりもわたしのことを大切にしてくれて、想ってくれる。
　こんな素敵な人はいないと思う。
　だから手放したくない。
　いつまでも大切な存在。
　そして、ふとさっきまで華と話していた会話が、頭の中に浮かぶ。
　結婚したら、苗字の読み方だけが変わるってやつ。
　でも、これはあくまでもわたしの妄想であって。
　ただでさえモテモテな知紘がこの先も一緒にいてくれる保証なんて……ない。
「このままずっと変わらないのかな」
　ボソッと独り言のようにつぶやいた。
　苗字の話なんて、知紘は知らないはずなのに。
「……読み方が変わるかもね」
「え?」
　その独り言に反応してきたから、驚いて顔を見ると。
「美依の隣にいるのは一生僕だけだから」
「っ!?　な、なんで知って……」
「さっきなんとなく会話聞こえてた」
「嘘!?」
　な、なんて恥ずかしい会話を聞かれてしまったんだ。
「……今から約束でもしとく?」
　正面に向き直って、まっすぐわたしを見たと思ったら。
　左手にスッと手を伸ばしてきて。

「好きだよ、美依」
　わたしの薬指にキスを落とした。
　あぁ……もうほんと敵わない。
「わたしも好きだもん……っ！」
　きっと、これからもずっとわたしの隣には。
　……この危険な幼なじみだけ。

＊Happy End＊

あとがき

こんにちは、みゅーな**です。
このたびは、数ある書籍の中から「この幼なじみ要注意。」を手に取ってくださり、ありがとうございます！
皆様の応援のおかげで、2冊目の出版をさせていただくことができました。

この作品は、わたしの憧れでもある、幼なじみをテーマに書かせていただきました。実は、この作品が生まれたきっかけは、美依と知紘の名前の設定からでした。漢字で書くと同じ名字だけれど、読み方が違うという設定がすごく気に入って、そこからタイトル、内容を考えました。

主人公の美依は、明るくてとても元気な女の子です。
少しだけ天然っぽいところもあるので、マイペースな知紘を困らせるシーンは書いていて楽しかったです。
知紘は、とにかく自由で、無気力な男の子です。自分の思い通りにいかないと、すぐ拗ねてしまうちょっと子供みたいな一面もあったりします。なんだか、自分にとても似ている部分が多かったので、書きやすかったように感じます！

美依にとことん甘い知紘を書いていて、とても楽しい反

面、甘すぎて、書いているこちらが恥ずかしくなってしまうくらいでした（笑）
　読んでいただけた皆様に、少しでも胸キュンしていただければ幸いです。

　最後になりましたが、ここまで読んでくださり本当にありがとうございました！
　２度目の書籍化という機会を与えてくださいましたスターツ出版様、いつもわたしの作品を素敵に仕上げてくださる担当の本間様、編集をしてくださいました加藤様、前作に引き続き素敵なイラストを描いてくださいましたOff様、この作品に携わってくださった皆様に心から感謝いたします。
　わたしが今、作家として活動できているのは、たくさんの方の支えがあったからです。これからも、支えてくださる皆様、応援してくださる皆様に感謝を込めて、執筆活動を頑張ろうと思います！

　最大級の愛と感謝を込めて。

2018.05.25　みゅーな**

この物語はフィクションです。
実在の人物、団体等とは一切関係がありません。

みゅーな**先生への
ファンレターのあて先

〒104-0031
東京都中央区京橋1-3-1
八重洲口大栄ビル7F

スターツ出版（株）書籍編集部 気付
みゅーな**先生

この幼なじみ要注意。
2018年5月25日　初版第1刷発行

著　者　みゅーな＊＊
　　　　©Myuuna 2018

発行人　松島滋

デザイン　カバー　金子歩未（hive&co.,ltd）
　　　　　フォーマット　黒門ビリー＆フラミンゴスタジオ

DTP　　朝日メディアインターナショナル株式会社

編　集　本間理央　加藤ゆりの　額田百合

発行所　スターツ出版株式会社
　　　　〒104-0031　東京都中央区京橋1-3-1　八重洲口大栄ビル7F
　　　　TEL　販売部03-6202-0386（ご注文等に関するお問い合わせ）
　　　　http://starts-pub.jp/

印刷所　共同印刷株式会社
Printed in Japan

乱丁・落丁などの不良品はお取り替えいたします。上記販売部までお問い合わせください。
本書を無断で複写することは、著作権法により禁じられています。
定価はカバーに記載されています。

ISBN 978-4-8137-0459-1　C0193

ケータイ小説文庫 2018年5月発売

『君に好きって言いたいけれど。』善生茉由佳・著

過去の出来事により傷を負った姫芽は、誰も信じることができず、孤独に過ごしていた。しかし、悪口を言われていたところを優しくしてカッコいいけど、本命を作らないことで有名なチャラ男・光希に守られる。姫芽は光希に心を開いていくけど、光希には好きな人がいて…？ 切甘な恋に胸キュン!!

ISBN978-4-8137-0458-4
定価:本体590円+税

ピンクレーベル

『この幼なじみ要注意。』みゅーな**・著

高2の美依は、隣に住む同い年の幼なじみ・知紘と仲が良い。マイペースでイケメンの知紘は、美依を抱き枕にしたり、おでこにキスしてきたりと、かなりの自由人。そんなある日、知紘が女の子に告白されているのを目撃した美依。ただの幼なじみだと思っていたのに、なんだか胸が苦しくて…。

ISBN978-4-8137-0459-1
定価:本体560円+税

ピンクレーベル

『新装版 太陽みたいなキミ』永瑠・著

楽しく高校生活を送っていた麗紀。ある日病気が発覚して余命半年と宣告されてしまう。生きる意味見失った麗紀に光をくれたのは、同じクラスの和也だった。だけど、麗紀は和也や友達を傷つけないために、病気のことを隠したまま、突き放してしまい…。大号泣の感動作が、新装版で登場!

ISBN978-4-8137-0461-4
定価:本体590円+税

ブルーレーベル

『恋愛禁止』西羽咲花月・著

ツムギと彼氏の竜季は、高校入学をきっかけに寮生活をスタートさせる。ところが、その寮には『寮生同士が付き合うと呪われる』という噂があって…。噂を無視して付き合い続けるツムギと竜季を襲う、数々の恐怖と怪現象。2人は別れを決意するけど、呪いの正体を探るために動き出すのだった。

ISBN978-4-8137-0462-1
定価:本体570円+税

ブラックレーベル

ケータイ小説文庫 好評の既刊

『日向くんを本気にさせるには。』みゅーな**・著

高2の雫は、保健室で出会った無気力系イケメンの日向くんに一目惚れ。特定の彼女を作らない日向くんだけど、素直な雫のことを気に入っているみたいで、雫を特別扱いしたり、何かとドキドキさせてくる。少しは日向くんに近づけてるのかな…なんて思っていたある日、元カノが復学してきて…?
ISBN978-4-8137-0337-2
定価:本体590円+税

ピンクレーベル

『暴走族くんと、同居はじめました。』Hoku*・著

不良と曲がったことが大嫌いな高2の七彩。あるきっかけからヤンキーだらけの学校に転入し、暴走族"輝夜(カグヤ)"のイケメン総長・飛鳥に目をつけられてしまう。しかも住み込みバイトの居候先は、なんと飛鳥の家!「守ってやるよ」──俺様な飛鳥なんて、大嫌い…のはずだったのに!?
ISBN978-4-8137-0441-6
定価:本体590円+税

ピンクレーベル

『新装版 地味子の秘密 VS 金色の女狐』牡丹杏・著

みつ編みにメガネの地味子として生活する杏樹は、妖怪を退治する陰陽師。妖怪退治の仕事で、モデルの付き人をすることに。すると、杏樹と内緒で付き合っている陸に、モデルのマリナが迫ってきた。その日からなぜか陸は杏樹の記憶をなくしてしまって…。大ヒット人気作の新装版、第2弾登場!
ISBN978-4-8137-0450-8
定価:本体630円+税

ピンクレーベル

『愛は溺死レベル』*あいら*・著

癒し系で純粋な杏は、入学した高校で芸能人級にカッコいい生徒会長・悠牙に出会う。悠牙はモテるけど彼女を作らないことで有名。しかし、杏は悠牙にいきなりキスされ、「俺の彼女になって」と言われる。なぜか杏だけを溺愛する悠牙に杏は戸惑うけど、思いがけない優しさに惹かれていって…!?
ISBN978-4-8137-0440-9
定価:本体590円+税

ピンクレーベル

ケータイ小説文庫 2018年6月発売

『無気力な幼馴染みがどうやら本気を出したみたいです。』 みずたまり・著

柚月の幼馴染み・彼方は、美男子だけどやる気0の超無気力系。そんな彼に突然「柚月のことが好きだから、本気出す」と宣言される。"幼馴染み"という関係を壊したくなくて、彼方の気持ちから逃げていた柚月。だけど、甘い言葉を囁かれたりキスをされたりすると、ドキドキが止まらなくて⁉

ISBN978-4-8137-0478-2
予価:本体500円+税

ピンクレーベル

『君と私のレンアイ契約』 Ena.(エナ)・著

お人よし地味子な高2の華子は、校内の王子様的存在・葵に、期間限定で彼女役をさせられることに。本当の恋人同士ではないけれど、次第に距離を縮めていく2人。ところが期間終了まで1ヶ月という時、華子は葵に「終わりにしよう」と言われ…。イケメン王子と地味子の恋の行方は⁉

ISBN978-4-8137-0477-5
予価:本体500円+税

ピンクレーベル

『透明な0.5ミリ向こうの世界へ』 岩長咲耶(いわながさくや)・著

幼い頃の病気で左目の視力を失った翠。高校入学の春に角膜移植をうけてからというもの、ある少年が泣いている姿を夢で見るようになる。学校へ行くと、その少年が同級生として現れた。じつは、翠がもらった角膜は、事故で亡くなった彼の兄のものだとわかり、気になりはじめるが…。

ISBN978-4-8137-0480-5
予価:本体500円+税

ブルーレーベル

『新装版 桜涙』 和泉(いずみ)あや・著

小春、陸人、奏一郎は、同じ高校に通う幼なじみ。ところが、小春に重い病気が見つかったことから、陸人のトラウマや奏一郎の家庭事情などが次々と問題が表面化していく。そして、それぞれに生まれた恋心が"幼なじみ"という関係を変えていき…。大号泣の純愛ストーリーが新装版で登場!

ISBN978-4-8137-0479-9
予価:本体500円+税

ブルーレーベル

書店店頭にご希望の本がない場合は、
書店にてご注文いただけます。